KB078518

마도신화전기

Myth of Magic power

동은 퓨전 판타지 소설

FUSION FANTASTIC STORY

마도신화전기 6

동은 퓨전 판타지 소설

초판 1쇄 찍은 날 § 2015년 4월 3일
초판 1쇄 펴낸 날 § 2015년 4월 10일

지은이 § 동은
펴낸이 § 서경석

편집부장 § 권태완
편집책임 § 이창진

펴낸곳 § 도서출판 청어람
등록번호 § 제387-1999-000006호
등록일자 § 1999. 5. 31
어람번호 § 제1-2094호

주소 § 경기도 부천시 원미구 부일로 483번길 40 서경B/D 3F (우) 420-822
전화 § 032-656-4452 팩스 § 032-656-4453
http://www.chungeoram.com
E-mail § chungeorambook@daum.net

ISBN 979-11-04-90185-0 04810
ISBN 979-11-04-90039-6 (세트)

마 도 신 화 전 기

War of Magic power

6

동은 퓨전 판타지 소설

FUSION FANTASTIC STORY

청람
도서출판

마도신화전기

Myth of Magic power

CONTENTS

Chapter 1. 희망을 찾아

　제국이 술렁거렸다.

　대륙에서 가장 신성시되는 날 중에 하나인 오델라 데이에 반란이 일어났다는 사실은 모두를 큰 충격에 빠뜨렸다. 일부 사람들은 그 사실을 믿지 않았다.

　하지만 줄줄이 처형이 되는 보수파 귀족들을 보며 믿지 않을 수도 없었다.

　보수파의 수장인 메시나 공작을 비롯하여 고위 귀족들의 목이 성벽 위에 걸렸다.

　황제의 최측근이라 불렸던 제국 오선 역시 죽었다는 소문이 돌았다. 어떤 이들은 그들의 시체가 오체분시되었다고 하였다.

소문이 무엇이든 그들의 말년이 좋았을 것이라 여기는 사람은 없었다.

이번 반란으로 인해 처형될 귀족의 숫자는 1만 명이 넘을 것으로 예상됐다. 삼족은 물론 영지의 소 돼지까지 모조리 참살할 것이란 흉흉한 소문이 돌았다.

소문을 뒷받침하는 사실은 바로 황제의 죽음 때문이었다.

―보수파 메시나 공작과 제국 오선의 수장 노튼 후작은 황위를 얻고자 공모하여 황제를 암살하였다. 그 죄가 하늘에 닿아 삼족을 멸하지 않고는 제국의 기틀이 뒤흔들리고 말 것이다.

끔찍할 정도로 잔인한 소리였다.

아모스 공작이 발표한 공문은 사실 여부와 관계가 없었다. 공문이 발표된 이상 보수파가 빠져나갈 곳은 세상 어디에도 없었다.

두려움을 참지 못한 보수파 지방 귀족들이 대거 국경을 탈출하는 사건이 벌어졌다. 그들은 대부분 국경에서 잡혀 많은 사람들이 보는 앞에서 교수형에 처해졌다.

정권은 아모스 공작이 잡았다. 그는 무지막지한 공포정치로 보수파를 비롯한 반대 세력들을 철저하게 척살해 나갔다.

황제는 자식이 없었다. 본래 이번 황제가 적통이 아니기에 먼 친척도 찾을 수가 없었다.

제국의 대가 끊긴 것이다.

이제는 누가 다음 황제가 되느냐에 시선이 쏠렸다. 많은 사람들은 아모스 공작이 황제가 될 것이라 생각했다.

반란이 발생하고 나흘도 되지 않아 도시에 남아 있는 보수파 대부분이 교수형을 당했다.

이제 남은 자들은 또 다른 반란의 주체, 노예들이었다. 수천 명이 넘는 노예가 동시에 반란을 일으키는 바람에 성도 카르텔은 극심한 혼란을 겪었다. 더군다나 그들은 일시적이나마 황궁을 점령했다.

제국 역사에서 지워져야 할 페이지였다.

개혁파는 반란을 일으킨 노예들을 가장 잔인하게 처형했다. 단 한 명도 성도 카르텔을 빠져나가지 못했다. 테일즈 백작의 성도방위군단이 성벽을 철저하게 막고 있어 빠져나갈 수도 없었다.

살아남은 노예들은 겨우 서른 명 안팎.

나머지는 모두 죽었다.

개혁파는 본보기를 보이기 위해 성도의 모든 시민이 보는 앞에서 반란을 주도한 노예들을 처형하기로 결정했다.

성도 카르텔의 중앙 광장.

축제를 비롯하여 온갖 행사가 열리는 곳이다. 하여 시민들이 가장 많이 찾는 곳이기도 했다.

하지만 축제의 장소였던 그곳은 며칠 사이 피로 얼룩진 곳이 되고 말았다.

지금까지 중앙 광장에서 교수형을 당한 보수파 귀족들만 수백 명이 넘었다. 그들의 식솔들까지 모조리 처단당했으니 처형당한 사람의 수는 기하급수적으로 늘어났다.

성도의 분위기는 가라앉았다.

웅성웅성.

수많은 사람이 중앙 광장으로 모여들었다.

정오를 기해 노예들의 처형식이 있기 때문이었다. 제국민의 신분을 가진 자라면 빠짐없이 참석을 해야 한다.

개혁파의 귀족들은 만약 처형식에 참석을 하지 않는 자가 있다면 반역자와 동조를 한 것으로 여기고 참수를 하겠다고 엄포를 놨다.

그간의 엄청난 살육을 지켜본 시민들은 두려움에 떨며 처형식장을 향하여 발길을 옮겨야만 했다.

그 속에 곤과 안드리안, 씽, 용병들이 뒤섞여 있었다. 후드를 깊게 눌러썼지만 의심을 하는 사람들은 없었다.

제국군의 병사들과 눈을 마주치지 않기 위해 후드를 쓴 자들이 상당수였기 때문에 가능한 일이었다.

"엄청난 인파네요."

두 개의 단검을 자유자재로 사용하는 에릭이 말했다. 에릭은 다른 용병들에 비해 눈치가 빠르다. 머리 회전도 좋았다. 용병들의 리더는 게론이지만 군사 역할은 에릭이 하는 편이었다.

가장 먼저 광장에 도착하여 분위기를 살핀 자도 에릭이었다. 분위기가 심상치 않다고 생각되면 곧바로 곤을 피신시킬 생각이었다.

그가 말을 듣지 않는다고 하면 모든 용병이 힘을 합쳐서라도 막으려고 했다.

곤에게 평생을 다 갚아도 모자랄 은혜를 입었다. 용병들은 곤을 절대로 죽게 내버려 둘 수 없었다.

다행히도 별다른 징후는 보이지 않았다.

에릭의 말대로 중앙 광장 내에는 수많은 인파로 붐볐다. 족히 10만 이상의 시민들이 모인 듯했다.

이토록 많은 사람이 모였지만 시끄럽지는 않았다. 살벌한 분위기 때문인지 그들은 작은 목소리로 소곤소곤거릴 뿐이었다.

"저긴가?"

곤은 처형장을 턱으로 가리켰다.

모든 시민이 볼 수 있도록 만들어진 처형장이었다. 높이만
해도 수십 미터가 넘었다. 두꺼운 통나무로 만들어진 처형장
이었지만 이상할 정도로 붉었다.

"네, 맞습니다."

에릭이 대답했다. 그는 곤에게 이곳에서 무슨 일이 벌어졌
는지 그간의 일을 설명했다.

단 며칠 만에 수천 명이 넘는 사람들이 역모에 휘말려 저곳
에서 목이 잘렸다. 처형장이 붉은 이유는 처형당한 사람들이
흘린 피 때문이었다.

얼마나 많은 피가 흘렀는지 처형장 근처의 바닥까지도 붉
게 물들었다.

"10만 인파라……."

곤은 하늘을 바라봤다. 어린 코일코가 죽기에는 너무도 맑
은 하늘이었다.

결코 코일코가 죽게 놔둘 수는 없었다.

이 정도의 인파라면 도주하기에 용이해진다. 노예들 전부
라면 모르지만 코일코 한 명만 빼낸다면 충분히 가능성이 있
었다.

"모두 맡은 자리로 가도록."

곤은 용병들을 향해 말했다.

용병들은 고개를 끄덕이고는 사전에 약속된 장소로 이동했다.

이번 구출 임무는 철저하게 분업이 된다. 용병들은 퇴로를 확보하고 추격자들을 방해하는 임무를 맡았다. 가장 쉬운 일이지만 가장 쉽게 목숨을 잃을 수도 있는 일이었다.

만에 하나 화가 난 추격자들이 용병들에게 검을 휘두른다면 꼼짝없이 목을 내줘야만 했다. 덤벼서는 안 된다. 의도적으로 방해하는 것을 눈치채게 해서도 안 된다. 추격자들의 의심을 샀다가는 다른 동료들의 목숨까지도 위태롭게 할 수가 있었다.

"씽."

"네, 형님."

"조심해."

"형님도요."

고개를 끄덕인 씽이 인파 속으로 사라졌다. 그는 가장 위험한 임무를 맡았다.

저격을 할 수 있는 사람은 곤 한 명뿐이었다. 그는 처형장에 있는 제국군들을 저격하여 난장판으로 만들 것이다. 그럼 안드리안이 코일코를 구출해 성도 밖으로 도망을 치게 된다.

그 과정에서 가장 위험한 일이 바로 처형장에서 코일코를 쫓는 자들을 막는 것이다.

목숨이 두 개라도 모자랄 위험한 임무지만 씽은 오히려 걱정하지 말라며 곤을 위로했다.

"안드리안, 부탁해요."

안드리안은 싱긋 웃었다.

"비싼 술 사."

"기꺼이."

코일코를 구출하여 성도 밖으로 나가는 일 역시 씽의 임무만큼이나 위험했다.

코일코를 구하기 위해서는 최대한으로 처형장 가깝게 붙어야 했다. 예상보다 많은 제국군이 광장 안에 있다면 씽과 안드리안은 구출 임무에 뛰어들기도 전에 포위가 될 수 있었다.

곤은 에리카를 바라보았다. 그녀는 답답한 듯 길게 한숨을 내쉬었다.

"죄송해요."

"뭐가 죄송해."

"도움이 되지 못해서요."

"지금껏 충분히 도움이 됐어."

"그래도……."

에리카는 버프에 탁월한 능력을 가지고 있었다. 하지만 버프를 실행하기 위해서는 그녀와 거리가 멀리 떨어져서는 안 된다.

버프를 걸기 위해서는 그녀와 근접 거리에 있어야 하는 것이다.

지금처럼 뿔뿔이 흩어져서는 누구에게도 버프를 걸어줄 수가 없었다.

그렇기에 에리카는 곤에게 미안함을 느낀 것이다.

"네가 해야 할 일도 다른 사람들 못지않게 중요해. 알잖아."

"네. 그래도……."

중요하지만 위험하지는 않은 일이었다. 그녀는 성도의 성문 근처에 마차를 대기시켜 놓고 안드리안과 코일코를 태워 성 밖으로 나가면 된다.

다른 사람들은 몰라도 성녀로 추앙받는 에리카만큼은 저지를 당하지 않고 성문 밖으로 나갈 수가 있었다. 만약 그녀를 제지했다가는 오델라 교단과 큰 마찰을 빚을 수가 있었다.

외교적으로 무척 결례가 되는 행동이기도 했다.

곤은 손을 들어 에리카의 머리를 쓰다듬어 주었다. 익숙한 행동이기에 에리카는 가만히 고개를 숙이고 있었다. 그녀는 고개를 들어 곤의 얼굴을 보았다.

"많이 말랐네요."

"그런가."

"네, 처음 봤을 때보다 훨씬 더. 그때는 표정도 무척 밝았
는데."

에리카는 씁쓸한 표정으로 말했다. 확실히 그랑쥬리 정글
에서 봤을 때와 지금은 많이 달랐다. 지금의 곤은 깊은 어둠
속에 잠식되어 가고 있는 듯했다.

그런 곤에게 힘이 되어주지 못하는 자신이 답답한 에리카
였다.

"괜찮아. 다 잘될 거야."

"다 잘될 거야."

에리카는 주문을 외우듯이 곤의 말을 따라했다.

"그러니까 걱정하지 마."

"네. 알았어요. 부탁이니 몸조심하세요."

"너도."

고개를 끄덕인 에리카는 그녀가 있어야 할 곳으로 걸음을
옮겼다. 그녀는 몇 번이나 곤을 뒤돌아보았다. 곤은 그녀에게
어서 가라며 손짓을 했다.

곤의 시야에서 에리카가 사라졌다. 이제는 그가 움직여야
할 때였다.

씽과 안드리안이 처형장으로 뛰어들기 위해서는 그의 궁

술이 반드시 필요했다.

한 발에 한 명씩을 전투 불능으로 만들어야 한다. 그가 제대로 제국군을 맞추지 못하면 씽과 안드리안이 그대로 위험에 노출이 된다.

처형장이 가장 잘 보이는 곳.

그리고 퇴로의 확보가 용이한 곳.

중앙 광장에서 멀지 않은 곳에 삼 층으로 된 음식점이 있었다. 곤은 그곳 지붕에서 저격을 할 것이다.

곤은 주위를 살피며 저격을 위해 미리 봐둔 곳을 향해 걸음을 옮겼다.

＊　　　＊　　　＊

샤를론즈와 볼튼은 처형장 뒤쪽에 위치한 성벽 위에서 중앙 광장을 내려다보고 있었다. 비록 중앙 광장과 떨어져 있기는 하지만 전체적인 상황을 파악하기 위해서는 그곳이 가장 좋은 자리였다.

물론 샤를론즈와 볼튼의 능력으로는 이 정도의 거리야 문제가 될 것이 없었다.

"놈이 확실히 나타나겠지?"

볼튼이 물었다.

"당연하죠. 곤은 코일코에게 광적이다 싶을 만큼 집착을 하고 있어요. 지금껏 드러난 그의 성격으로 봐서 코일코를 죽게 내버려 두지 않을 거예요."

참으로 이상한 광경이었다.

반란을 제압한 일등 공신이 테일즈 백작 가문의 장녀인 샤를론즈였다.

그녀에게 하대를 할 수 있는 사람은 전 제국을 뒤져도 수십 명이 넘지 않았다. 한데, 노예로만 여겨지는 오크에게 샤를론즈는 존대를 하고 있었다.

성격이 포악하기로 유명한 샤를론즈였다. 왜 별명이 전장의 마녀이겠는가.

그런 그녀가 자연스럽게 볼튼에게 말을 높였다. 볼튼은 당연하다는 듯이 그녀의 존댓말을 받았다.

둘의 관계는 무척이나 미묘했다.

볼튼은 곤의 성격을 떠올려 보았다. 어린아이들을 무척이나 좋아했던 것으로 기억이 난다. 의리도 있었다. 인간이었지만 오크보다 더 강인한 의지도 가졌다.

곤의 능력이 볼튼보다 뛰어나지 않았다면 둘은 친구가 됐을지도 모른다.

다시 얘기를 해봤자 돌아올 수 없는 강을 건넌 사이가 되고 말았지만.

"놈은 강해."

"충분히 알고 있죠."

"동료들도 강해."

"예상하고 있어요."

"저런 대규모 군중이 있는 곳에서는 병사들을 투입하기 힘들 텐데."

"병사들은 방패막이예요. 그들을 잡을 사냥개들은 따로 있어요."

"믿을 수 있는 자들인가?"

"아마도. 당신을 제외하고는 제가 아는 자들 중에서 가장 강하니까요."

"그들을 말하는 것인가."

"네, 맞아요. 아버지의 최측근 친위 부대 레인보우. 각각의 무력은 이미 최고 경지에 다다랐지요."

"레인보우라……."

볼튼은 레인보우라고 불리는 7명의 기사들을 멀찌감치 떨어져서 보았다. 얼굴을 복면으로 가리기는 했지만 오크인 그가 인간들 앞에 나서서 좋을 것은 없었다.

하지만 놀랍게도 7명의 기사들은 동시에 볼튼을 바라봤다. 볼튼의 투기를 상당히 떨어진 거리에서도 읽어낸 것이다.

볼튼은 가볍게 투기를 쏘아 보냈다.

노란색 갑옷을 입은 기사가 앞으로 나서더니 손바닥으로 투기를 공기 중으로 흩뜨렸다. 볼튼도 장난으로 쏘아 보내긴 했지만 너무도 쉽게 막아냈다.

노란색 갑옷을 입은 기사는 검을 빼 들었다. 그의 검에서 강대한 빛을 발하는 오러가 발생하였다. 이제껏 본 적이 없을 정도로 강력한 오러였다.

제아무리 담대한 볼튼이라고 하더라도 긴장을 하지 않을 수가 없었다.

그에 반해서 투기도 끓어올랐다.

한번 붙어보고 싶다!

레인보우 기사들과 볼튼의 분위기가 심상치 않을 것을 눈치챈 샤를론즈가 즉시 말리지 않았다면 큰 사단이 났을지도 모른다.

"아버지의 개들을 네가 써도 되는 것인가?"

"이제는 제 개니까요."

"네 개?"

볼튼은 의문스러운 눈초리로 샤를론즈를 바라봤다.

"호호호, 그 이상은 알려고 하지 마세요. 영업 비밀이니까요."

"흥, 곧만 잡을 수 있다면야."

"반드시 잡을 수 있을 거예요. 그들만 투입된 것이 아니니까요. 가문의 모든 전투력이 이곳에 집결해 있다고 해도 과언이 아니에요."

"기대하지."

"전 두 번 실패하지 않아요. 대신 당신도 약속을 꼭 지켜야해요."

볼튼은 보일 듯 말 듯 고개를 끄덕였다.

둘은 언령이 담긴 약조를 맺었다.

만약 둘 중에 한 명이 약속을 어긴다면 신의 심판을 받아 사지가 찢어져서 죽고 말 것이다. 죽는다고 해서 끝나는 것이 아니다. 모든 생명은 주신 오델라의 뜻에 따라 환생을 하게끔 되어 있었다.

하지만 약조를 어기게 되면 영혼까지도 소멸하게 된다는 무서운 맹세였다.

약속을 이행하기 전까지는 누구라도 서로의 곁을 떠날 수가 없었다.

"곤을 나에게 넘긴다면 너의 꿈, 내가 이뤄주겠다."

"호호호, 든든하네요. 자, 이제 쇼의 시작이군요. 이곳에서 차분히 지켜보면 돼요."

남자의 마음을 뒤흔들 법한 간드러진 샤를론즈의 웃음이 성벽을 타고 흘렀다.

철컹철컹.

팔과 다리가 쇠사슬로 묶인 서른 명 정도의 노예가 힘겹게 걸음을 옮기고 있었다.

이번 반란에서 간신히 목숨을 건진 노예들이었다. 얼마나 모진 고문을 당했는지 성한 자는 한 명도 없었다. 팔과 다리가 부러지고 이빨과 발톱, 손톱이 모조리 뽑혔다.

어떤 이는 두 개의 눈알을 모두 뽑혀 앞을 보지 못했다. 제국의 경비병들은 어서 걸으라며 그런 그들의 등을 몽둥이로 마구 밀었다.

그중에 코일코가 있었다.

언제나 용기를 잃지 않았던 그였다. 하지만 지금의 상황에서 용기를 잃지 말라는 것은 너무 잔인한 짓이었다.

"빨리들 걸어! 노예 새끼들아!"

경비병들이 소리쳤다.

노예들은 자신이 어디로 가는지 알고 있었다. 지금껏 고문만 하더니 아침에 제대로 된 식사를 주었다. 식사를 보는 순간 노예들은 자신이 어떻게 될지 짐작을 했다.

그들이 가는 곳은 처형장이다.

많은 사람들이 보는 앞에서 처형을 당하게 될 것이다.

코일코는 지난날을 되짚었다. 비록 짧은 인생이지만 그다지 나쁘지 않은 삶이었다.

자상한 아버지도 있었고, 왈가닥 누나도 있었다. 세상에서 가장 존경하는 사부님도 있었다. 사부님에게는 많은 것을 배웠다.

어지간한 오크들보다 훨씬 행복한 삶을 누렸다.

그날이 있기 전까지는.

볼튼이 부족을 배신한 날 이후로 그의 인생은 철저히 짓밟혔다.

그가 왜 평생을 함께 살아온 부족을 배신했는지 아직도 궁금했다.

도대체 무슨 영화를 누리기 위해서…….

"하아……. 다 쓸데없는 생각이지."

코일코는 고개를 흔들었다. 그에게 남은 시간이 얼마 되지 않는다는 것을 본인이 가장 잘 알고 있었다.

어두운 지하도를 지나 커다란 강철 문 앞에 섰다. 경비병들이 천천히 문을 열었다.

환한 태양빛이 노예들을 비쳤다. 갑작스럽게 비친 빛이 너무 눈부시다. 노예들은 눈을 감았다.

와아아아아—

그들의 귓가에 거대한 함성이 들렸다. 수많은 군중이 그들을 향해서 함성을 지르고 있었다. 환호의 함성이 아니었다. 그들이 내뿜는 기운은 적의.

너희들 때문에 성도가 피바다로 변했다는 강렬한 증오에 의해서 생기는 함성이었다.

"자, 쇼 타임이다. 마무리를 잘들 하라고."

노예들의 쇠사슬을 잡고 끌던 경비병이 이죽거리며 말했다. 몇몇 노예들이 처형장을 보고는 그대로 얼어버렸다. 두려움을 이기지 못한 그들은 아랫도리에서 오줌을 싸고 말았다.

"아, 젠장 더럽게."

경비병들은 눈살을 찌푸리며 쇠사슬을 끌어 처형장으로 올라갔다. 안 올라가려고 버티는 노예들이 나타났다. 하지만 그들은 경비병들의 지독한 구타를 이기지 못하고 눈물을 흘리며 처형장으로 올라갈 수밖에 없었다.

노예들은 높은 처형장을 올라가 무릎을 꿇었다.

처형을 진행하는 하급 관리가 그들의 면면을 확인했다. 그는 허리를 펴며 수많은 군중에게 외쳤다.

"지금부터 처형식을 거행합니다."

와아아아아―

그 순간 엄청난 함성이 터졌다.

코일코는 끝이 보이지 않을 만큼 모여 있는 군중을 바라보았다. 그들은 코일코를 비롯하여 노예들을 죽이라고 외치고 있었다.

절망에 빠져 있던 코일코는 다른 감정을 느꼈다.

왜?

도대체 왜 우리가 죽어야 되는데? 우리는 너희처럼 살고 싶었을 뿐인데. 너희가 무슨 자격으로 우리를 가축처럼 다룬다는 말인가!

열 명의 노예가 줄줄이 끌려 나갔다. 그들은 군중들이 잘 볼 수 있게끔 처형장 가장 앞쪽에 무릎 꿇려졌다. 하급 관리는 그들의 죄목을 조목조목 읽었다.

어차피 날조한 것일 테지만.

"제발 살려줘. 나는 모르고 가담했다고!"

노예들이 외쳤다. 하지만 누구도 그들의 말을 귀 기울여 들어주지 않았다. 제국의 병사들의 헝겊으로 그들의 입을 아예 막아버렸다.

곧 단두대가 떨어졌다.

푸식!

노예 열 명의 목이 잘렸다. 그들이 잘린 머리는 처형장 밑으로 떨어졌다. 바닥에 떨어진 노예들의 머리는 수박이 터지는 것처럼 산산조각이 나고 말았다.

다시 열 명의 노예가 끌려 나갔다.

단두대에 의해서 한 줌의 빛이 되어 사라졌다.

이번에는 코일코의 차례였다.

아무리 대담한 코일코라고 하더라도 지금과 같은 상황에서는 평상시처럼 행동할 수가 없었다. 다리가 부들부들 떨려 왔다. 그가 덜덜 떨자 경비병이 강제로 무릎을 꿇렸다.

철컹.

목이 고정되었다.

이제 단두대가 떨어지면 모든 것이 끝난다.

코일코는 끝없이 펼쳐진 군중들을 바라보았다. 모두가 하나같이 노예들의 죽음을 바라고 있었다.

저 중에…….

저 중에 한 명이라도 평등에 가치를 둔 사람은 없는 것일까. 다른 종족을 이해하는 사람은 단 한 명도 없는 것일까.

아, 한 명이 있긴 있었다.

코일코가 가장 존경하는 사부님.

사부가 머릿속에 떠오르자 코끝이 찡해지는 코일코였다. 비록 아버지는 아니지만 아버지와 같은 존재였다.

사부님.

이뤄질 수 없는 꿈이라는 것을 알지만 딱 한 번만 더 뵙고 싶습니다.

너무도…….

보고 싶습니다.

코일코는 천천히 눈을 감았다. 이제 이 빌어먹을 세상과는 안녕이었다.

그때였다.

쐐애애애액—

공간을 찢는 파공음이 들렸다. 익숙한, 너무도 익숙한 바람의 소리였다.

코일코는 다시 눈을 떴다. 그의 옆으로 한 발의 화살이 스치듯이 날아갔다.

"아아악!"

그리고 처형장에 있던 제국군 병사가 목을 부여잡고는 쓰러졌다.

단 한 발로 즉사.

화살이 날아온 거리는 대략 백 미터 이상.

엄청난 능력을 가진 궁사였다.

쐐애애애액! 쐐애애애액!

화살이 연달아 날아온다.

"아아아악!"

십여 명의 병사가 화살을 맞고 처형장 밑으로 추락했다. 그들은 자신들이 죽인 사람들과 같이 머리가 박살이 나서 죽었다.

코일코는 화살이 날아온 방향을 바라봤다.

이 거리에서, 이런 정확도를 가진 사람을 딱 한 명 안다.

"사부님……."

코일코의 눈에서 뜨거운 눈물이 뺨을 타고 흘러내렸다.

*　　*　　*

처형장 근처에 있는 제국군 병사들의 숫자는 대략 수백 명정도. 생각보다 많은 숫자였지만 그렇다고 뚫지 못할 머릿수도 아니었다. 탈출에 걸림돌이 되는 기사들과 마법사들의 숫자가 적기만을 바랄 뿐이었다.

곤은 모든 화살에 자신의 피를 묻혔다. 그가 가진 피는 극독이다. 독에 대한 해독제가 없이 화살을 맞고 살아날 수 있는 사람은 없었다.

그는 지붕에 누워 코일코가 나오기를 차분히 기다렸다.

그리 오래 기다리지는 않았다. 군중들의 거대한 함성이 중앙 광장을 휘감았다. 그들의 함성 소리로 사형수들이 끌려 나온다는 것을 알았다.

곤은 코일코를 한눈에 알아봤다.

그동안 많이 자랐다. 훨씬 늠름해졌고 남자다워졌다. 처형장으로 향하고 있지만 코일코는 고개를 숙이지 않았다.

정말로…….

정말로 잘 자랐구나.

눈시울이 붉어지는 곤이었다.

너무도 보고 싶던 아이였다. 종족을 초월하여 자식처럼 생각했었다. 곤은 화살을 손에 쥐었다.

이제 너의 손을 놓지 않겠다.

노예들이 차례로 처형당했다. 단두대에 잘린 노예들의 머리가 바닥으로 떨어져 산산조각이 났다. 머리가 사라진 노예들의 육신은 경비병들에게 질질 끌려갔다.

이윽고 코일코의 차례가 다가왔다. 노예들의 목이 고정되었다.

곧 단두대가 떨어진다.

곤은 단두대의 밧줄을 잡고 있는 경비병들을 향해서 화살을 쏘았다.

쐐애애애애액—

파공음과 함께 날아간 화살은 경비병들의 목을 정확히 꿰뚫었다. 목을 부여잡은 그들은 처형장 밑으로 추락했다. 한 치의 오차도 없는 사격술이었다.

처형장 위에 올라와 있는 남은 경비병들이 당황했다. 그들은 검을 빼 들고 주위를 살폈다.

곤은 다시 화살을 쏘았다. 연속으로 날아간 화살은 처형장 위에 있던 모든 경비병을 쓰러뜨렸다. 처형장 위에 남은 것은 노예들뿐이었다.

이제 시작이다.

곧 씽이 처형장 안으로 돌입한다.

곤은 상체를 일으켰다. 씽과 안드리안 주위에 몰려드는 제국군들을 저격하기 위함이었다.

군중들 한복판에서 강렬한 투기가 일어났다. 곤이 있는 곳까지 느껴질 정도로 투기의 힘은 엄청났다.

씽이 모습을 드러낸 것이다. 그는 처형장이 있는 곳을 향해 곧장 달려갔다.

일이 터졌음을 안 제국군 병사들이 검을 빼 들고 씽을 막았다.

하지만 겨우 수십 명의 병사들로 전력을 다하는 씽을 막기란 쉽지가 않았다.

더욱더 많은 병사들이 씽에게로 몰려들었다. 씽은 도망가지 않았다. 최대한 병사들은 자신에게로 이끌었다. 이윽고 씽은 수백 명이 넘는 제국군 병사들에게 포위되었다.

"지금이야, 안드리안."

처형장 근처에 있던 병사들이 대부분 씽에게 몰려든 상태였다. 자리를 지키는 자는 얼마 되지 않았다.

안드리안의 차례가 돌아왔다.

씽과는 반대편에 있던 안드리안이 처형장을 향해서 곧장

달려갔다.

처형장을 지키던 병사들이 얼마 없기에 어렵지 않게 코일코를 구출할 수 있을 것만 같았다.

하지만…….

붉은 갑옷과 푸른 갑옷을 입고 있는 두 기사가 그녀를 가로막았다. 두 기사의 검에서 엄청난 크기의 오러가 발생되었다.

안드리안이 전력을 다해서 대검을 휘둘렀다. 여자라고는 믿기지 않을 정도로 무지막지한 힘이었다. 그러나 기사들은 그런 안드리안의 공격을 너무도 쉽게 막아냈다.

그녀는 수련을 통해 비약적으로 강해졌다. 예전과는 비교조차 할 수가 없었다.

그런 그녀가 겨우 두 명의 기사를 뚫지 못하고 있는 것이다.

곤은 직감적으로 일이 틀어졌음을 느꼈다. 이제는 그가 나서야 한다.

그때였다.

거대한 체구를 가진 오크가 처형장으로 뛰어든 것이 아닌가. 그는 단검을 쥐고 코일코의 목에 가져다 댔다.

"볼… 튼."

곤은 어금니를 강하게 물었다. 설마 놈이 이곳에서 자신을 기다리고 있을 줄은 생각도 하지 못했다. 그가 이곳에 나타날 수 있는 이유는 하나뿐이었다.

볼튼과 제국의 귀족이 손을 잡았다는 것.

함정이었다.

하나, 함정이라고 하더라도 곤은 가지 않을 수가 없었다. 바로 저 앞에 코일코가 있지 않은가. 그토록 보고 싶던 아이가.

볼튼은 정확하게 곤을 응시했다. 이미 곤이 어디에 있는지 파악을 했던 모양이다. 그의 입모양이 보였다.

─빨리 오라고 친구. 빨리 오지 않으면 너의 이 작은 친구가 죽게 될 거야.

"너 이 개새끼."

곤은 손도끼를 들고 건물을 뛰어내렸다. 그는 군중들을 헤치며 처형장을 향해서 전력으로 뛰었다.

코일코도 심하게 놀랐다. 설마 이곳에서 볼튼을 보게 될 줄은 그 역시 상상하지 못했다.

"볼튼⋯⋯."

이를 꽉 깨문 그의 이빨 사이에서 볼튼의 이름이 흘러나왔다.

"오, 코일코. 그래, 나야. 오랜만이네."

코일코의 목에 단검을 가져다 댄 볼튼이 반갑게 웃으며 말했다. 표정은 밝게 웃고 있지만 그에게서 흘러나오는 살기는 그렇지 않았다.

자신을 당장이라도 찢어 죽이고 싶어 한다는 것을 코일코는 느꼈다. 죽는 것은 무섭지 않았다. 하지만 자신으로 인해 사부님이 위험에 빠지는 것은 죽기보다 싫었다.

"네가 여긴 어떻게 왔지?"

"킥킥킥. 어떻게 왔겠어. 너희들을 찾아왔지."

"복수를 하기 위해서?"

"당연한 소리를 하는군. 네놈들이 행한 짓. 나는 죽어도 잊지 못할 거야."

코일코는 기가 막혔다. 누가 누구에게 화를 낸다는 말인가. 볼튼이 부족만 배신하지 않았다면 애초에 이런 사태가 일어나지 않았다.

"네가 무슨 생각을 하는지 알아. 하지만 이제는 누구의 잘잘못을 따질 때가 지났지. 너희와 나는 원수로 남았을 뿐이야. 너희가 나를 죽이든, 내가 너희를 죽이든. 한쪽이 죽기 전까지는 끝나지 않는 싸움이지. 물론 살아남은 자는 내가 될 테지만."

"궤변 늘어놓지 마."

"조용히 했으면 좋겠군. 네가 그토록 존경하는 곤이 이곳으로 오고 있으니까 말이야. 자, 놈의 마음 좀 아프게 해볼까."

볼튼이 코일코의 귓불을 물었다. 그의 이빨이 코일코의 귓불을 그대로 찢어버렸다.

'찌익' 소리와 함께 피가 튀며 코일코의 귀가 떨어져 나갔다.

정신이 하얗게 변할 만큼 고통스러웠지만 코일코는 신음 소리도 내지 않았다. 자신이 울고 떼를 쓰면 사부가 아파할 것을 알기에.

"오호라, 제법인데."

볼튼은 단검으로 코일코의 팔과 다리를 마구 찔렀다. 단검을 뽑을 때마다 코일코의 피부에서 상당한 양의 피가 솟구쳤다.

그럼에도 코일코는 눈을 부릅뜨고 신음 소리를 내지 않았다.

멀리서 사부인 곤이 달려오는 것이 보였다. 그와 눈이 마주쳤다. 사부의 눈빛은 '곧 구해줄 테니 조금만 견뎌' 라고 말하고 있었다.

살아날 수만 있다면 이딴 고통쯤 얼마든지 견딜 수 있었다.

하지만……

코일코는 주위를 돌아봤다. 중앙 광장에서 처형장만 보인다. 다른 곳은 보이지 않았다. 수많은 기사가 곳곳에 몸을 숨기고 있는 것이 보였다.

그 무섭다는 마법사들 역시 다수 포진했다.

사부를 잡기 위한 함정이었다.

아무리 사부가 강하다고 하더라도 이곳에 오면 죽는다.

안 돼!

코일코는 사부를 향해 고개를 흔들었다.

"오면 안 돼요. 함……."

코일코는 끝까지 소리를 지르지 못했다. 볼튼이 그의 입을 강하게 틀어막았다.

"너 좀 시끄럽다."

볼튼은 코일코의 입을 강제로 벌리게 하고는 혀를 뽑아내서 단검으로 잘라 버렸다.

"우우욱."

혀가 잘려 처형장 바닥에 떨어졌다. 볼튼은 코일코가 쇼크사하지 못하게 더러운 헝겊으로 입안을 막았다. 헝겊은 코일코가 쏟아낸 피로 금방 붉어졌다.

코일코의 모습을 본 곤의 얼굴이 사색으로 변했다. 곤의 주변을 제국군 병사들이 막아섰다. 그는 손도끼로 병사들의 목을 가차 없이 잘라내고 빠르게 처형장을 향해 접근했다.

'안 돼요, 사부님. 모두 볼튼의 함정이에요. 제발 오지 마세요.'

코일코는 자신의 바람이 곤에게 닿기를 신께 빌었다. 이제껏 신이 그를 외면했다면 이번 딱 한 번만 들어주기를 바라면서.

그러나 신은 끝까지 그를 외면했다.

오히려 곤은 더욱 이성을 잃고 처형장에 접근하고 있었다.

마법사들과 기사들이 준비를 한다. 기사들의 몸에서 기이한 기운들이 느껴졌다. 마법사들이 그들에게 대량의 버프를 걸어주고 있는 것이다.

제국의 기사들.

여느 왕국의 말뿐인 기사들과는 차원이 다른 실력을 가지고 있었다. 그런 기사들이 대략 100명 이상 몸을 숨기고 곤을 기다렸다. 마법사들 또한 수십 명이 넘었다.

곤은 절대로 빠져나가지 못한다.

"흑흑흑."

코일코의 눈에서 눈물이 흘렀다. 그는 마구 고개를 흔들었다. 제발 오지 말라고. 오면 안 된다고.

그러나 코일코는 사부의 성격을 너무도 잘 안다. 자신을 두고서 혼자 살겠다고 자리를 떠날 사람이 아니었다.

그를 이곳에 오지 못하게 하는 방법은 하나뿐이었다.

코일코는 처형장에서 몸을 날렸다. 너무도 급작스러운 일이기에 볼튼은 그를 잡지 못했다.

"이, 이런 독한 새끼."

코일코의 몸이 허공에 붕 떠서 지상으로 추락했다.

아이는 눈을 감았다. 사랑했던 자들의 얼굴이 한 명씩 머릿속에서 스쳐 지나갔다.

다시는 보지 못할 소중한 존재들.

아버지, 어머니, 누나. 그리고 사부님.

이제는 안녕……

Chapter 2. 격류

   씽과 안드리안은 그들의 눈앞에서 코일코가 떨어지는 것을 보았다. 처형장에서 떨어진 코일코의 사지가 기형적으로 꺾였다.

   그들은 곧바로 곤에게로 눈을 돌렸다.

   지금 곤은 어떤 심정으로 코일코를 바라보고 있을까. 제아무리 강한 정신력을 가진 그라고 하더라도 견뎌낼 수가 없을 듯했다.

   예상했던 대로였다.

   곤은 울부짖으며 코일코에게로 달려가고 있었다. 그의 앞을 수많은 기사가 가로막았다. 그들은 곤을 향해 사정없이 오러가 가득한 검을 휘둘렀다.

곤은 자신의 몸을 돌보지 않고 손도끼를 휘둘렀다. 그의 앞을 가로막는 기사들과 병사들이 우후죽순으로 쓰러졌다. 하지만 그가 쓰러뜨리는 자들보다 막아서는 자들이 훨씬 많았다.

저렇게 두면 곤은 죽는다.

생사가 불분명한 코일코에게 갈 수는 없었다. 곤을 구해야 한다.

썽과 안드리안은 몸을 돌려 곤에게로 달려갔다.

*　　　*　　　*

곤은 눈을 의심했다.

코일코가 목숨을 내던진 것이다. 처형장에서 떨어지는 코일코와 곤의 눈이 마주쳤다.

—오지 마세요, 사부님. 이곳에 오시면 안 돼요.

코일코는 그렇게 말하고 있었다.

안 돼! 절대로 안 돼! 너를 죽게 내버려 두지 않아!

곤은 하늘을 향해서 절규했다. 너무도 사랑하는 아이다. 자식과 같은 그런 아이였다. 그 아이는 자신을 살리기 위해서 목숨을 내던졌다.

곤은 미칠 것만 같았다.

이토록 무능력한 자신이 한스러웠다. 아니, 너무도 미웠다.

살려야 돼! 살아 있을 거야. 늦지 않았어!

오직 그 생각만이 곤의 머릿속을 가득 메웠다. 그의 앞을 수많은 제국군 기사들이 가로막았다. 지금까지 보지 못했던 기사들이었다. 어디선가 숨어 있었던 것 같다.

알 게 뭐냐!

"비켜! 비키란 말이다!"

곤은 제국군의 기사들을 향해서 소리쳤다. 그들은 꿈쩍도 하지 않았다. 그저 말없이 검을 빼 들고 곤을 향해서 덤벼들었다. 오러가 가득한 검날이 그의 시야를 가득 채웠다.

"비키란 말야!"

곤은 가장 선두에서 검을 휘두르던 기사의 머리통을 손도끼로 내려쳤다. 기사의 두개골이 반으로 갈라졌다. 곤은 쓰러지는 기사의 반으로 잘린 두개골을 발로 찼다. 뇌수가 사방으로 흩어졌다.

놀란 병사들과 기사들이 뒤로 물러났다. 뇌수를 뒤집어쓰고 싶지 않은 본능이었다. 그 사이로 곤이 뛰어들었다.

그는 모든 내공을 끌어 올렸다. 뒤를 생각하지 않는 행동이었다. 이대로 싸우면 빠르게 내공이 빠져나간다. 장기전은 어림도 없었다.

하지만 곤은 뒤를 생각할 여유 따위는 없었다. 오직 서둘러서 코일코에게 가야 한다는 생각만이 머릿속에 가득했다.

제국군을 상대로…….

팔다리를 자르고.

머리를 쪼개며 앞으로 나아간다.

대륙 최강이라 일컬어지는 제국의 기사들이 무더기로 죽음을 맞이했다.

시체의 길.

피의 길이었다.

곤은 시체를 짓밟으며 코일코를 향해 한 발 한 발 전진했다.

*   *   *

"저, 저, 저건 뭐야."

성벽 위에서 중앙 광장을 지켜보던 테일즈 백작은 눈을 의심했다. 그는 옆에서 입술을 자근자근 깨물고 있는 샤를론즈를 보았다.

공무에 바쁜 그가 처형장을 지켜본 까닭은 장녀 때문이었다.

이제껏 그에게 부탁 한 번 하지 않았던 장녀 샤를론즈였다. 그런 그녀가 상당한 숫자의 기사와 마법사를 빌려달라고 하였다.

테일즈 백작은 기꺼이 그녀에게 기사 250명과 마법사 30명을 빌려주었다.

말을 쉽지만 작은 영지쯤은 순식간에 밀어버릴 수 있는 상당한 전력이었다. 테일즈 백작은 그들을 어디에 쓸 것인지 샤를론즈에게 물었다.

그녀는 빙그레 웃으며 대답했다.

"사나운 맹수를 잡으려고요."

그 말이 무엇을 의미하는지 테일즈 백작은 알지 못했다. 샤를론즈가 한 말의 의미는 며칠 후에야 알게 되었다. 그녀가 빌린 모든 기사와 마법사들이 처형장에 배치되어 있다는 것.

더군다나 테일즈 백작 가문의 수호신이라 할 수 있는 레인보우 기사단까지 투입이 되었다.

도대체 무슨 일인지, 테일즈 백작은 심히 궁금했다. 궁금증을 이기지 못한 그는 몇몇의 호위만을 거느리고 직접 처형장을 찾은 것이다.

테일즈 백작이 성벽 위에 도착했을 때 샤를론즈는 의외의 표정을 짓고 있었다.

"…아버님."

"음, 내가 불청객인 모양이구나."

"그렇지 않습니다. 곧 화려한 쇼가 시작됩니다. 이곳이 명당자리니 같이 지켜보시지요."

"화려한 쇼?"

"네."

"그게 무엇인지 물어봐도 되겠느냐."

"제가 말로 하는 것보다 직접 보시는 편이 나을 겁니다."

샤를론즈가 말한 화려한 쇼. 아니, 피의 쇼라고 하는 말이 옳을 것이다.

이번 내전에서 개혁파는 전력을 고스란히 보존했다. 몇몇 보수파 귀족들이 지방으로 달아나 세력을 규합하여 대항했지만 전력을 깎아먹을 정도는 아니었다. 그들은 압도적인 물량을 앞세운 정규군에 의해 너무할 정도다 싶을 정도로 쉽게 와해가 되었다.

그렇기에 처형장에 투입된 기사들과 마법사들은 상처 하

나 입지 않은 전력이었다.

그런 그들이 손도끼를 든 한 인간에게 추풍낙엽처럼 떨어지고 있었다.

"저건 뭐냐?"

놀란 테일즈 백작이 샤를론즈에게 물었다.

"제가 잡으려는 맹수입니다."

"도대체 저자가 너와 무슨 관계이기에……."

"…제게 패배의 고통을 알려준 인물입니다."

샤를론즈는 솔직하게 말했다.

"패배의 고통?"

"네."

"설마……."

"네, 그 설마입니다."

이제껏 샤를론즈는 단 한 번의 패배도 맛보지 않았다. 뛰어난 두뇌와 엄청난 마법 실력을 동시에 갖춘 인물이 바로 장녀 샤를론즈였다.

천재라 칭송을 받는 장남 텐바조차도 그녀의 눈치를 살필 정도였다.

그런 샤를론즈가 겨우 작은 성 하나 점령하지 못하고 패했다고 했을 때 테일즈 백작은 귀를 의심했다. 그녀가 패했다는 것 자체가 상상이 되지 않았다.

테일즈 백작이 가장 원했던 '하렘의 심장'이라는 전설 아이템도 손에 넣지 못했다. 그는 왜 그렇게 됐냐고 딸에게 묻고 싶었다.

하지만 샤를론즈는 아무런 말도 하지 않았다. 너무 분위기가 살벌해서 물어볼 수도 없었다.

그런데 딸을 패하게 만들었던 자를 두 눈으로 직접 보게 될 줄이야 전혀 예상하지 못했다.

"함정을 판 게구나."

테일즈 백작이 말했다.

"네, 맹수를 잡으려면 새끼부터 잡는 것이 정석이지요."

"새끼라. 설마 노예 중에 저 사내의 자식이 있단 말이냐."

"비슷합니다."

테일즈 백작은 더 이상 묻지 않았다. 그는 중앙 광장에서 엄청난 살육을 벌이고 있는 사내에게 눈을 돌렸다. 그 사내는 피를 뒤집어썼다. 너무 많은 피를 뒤집어써 본래 머리색을 알아볼 수도 없었다.

벌써 수십 명이 넘는 기사와 병사들이 저 사내 한 명에게 죽임을 당했다.

"완전 괴물이군."

"괴물이지요. 하지만 이번에는 잡습니다."

샤를론즈의 눈빛에서 서늘한 기운이 흘러갔다.

＊　　　＊　　　＊

곤의 머릿속에 남은 것은 아무것도 없었다. 조선으로 돌아가야 하겠다는 생각도, 씽과 안드리안의 생사도, 용병들도, 볼튼도, 샤를론즈도 모조리 머릿속에서 사라졌다.

이때만큼은 간절했던 혜인의 이름도 떠오르지 않았다.

오직 코일코를 살려야 한다는 본능뿐이었다.

"비켜! 비키란 말이다!"

곤의 손에서 연속으로 재앙술이 펼쳐졌다.

갑자기 생겨난 십여 개의 회오리는 불길을 빨아들이며 화염 폭풍으로 변했다. 화염 폭풍은 삽시간에 수십 명이 넘는 병사와 시민들을 한꺼번에 빨아들었다.

'으아아아악! 사람 살려!'

그들의 비명은 하늘 꼭대기에서 울렸다. 불길에 휩싸인 사람들이 우박처럼 지상으로 곤두박질쳤다.

강력한 재앙술을 펼친 덕분에 길이 열렸다. 곤은 뚫린 길을 향해서 전력을 다해 뛰었다.

쿠쿠쿠쿵!

그의 머리위로 마법 공격이 떨어졌다. 시민들은 아랑곳하지 않는 공격이었다.

워터 샤워, 파이어 월, 블리자드, 라이트닝 쇼크 등이 쉴 새 없이 폭발한다.

곤은 품에 넣어두었던 부적을 허공으로 던졌다. 부적은 우산처럼 활짝 퍼지며 마법을 모두 튕겨냈다. 튕겨나간 마법은 주변 시민들을 덮쳐 잿더미로 만들었다.

이 정도까지 일이 번졌으면 시민들이 물러나야 정상이지만 무슨 일인지 궁금한 사람들이 그곳을 향해서 몰려들었다. 마법에 휩쓸리지 않게 도망을 치려던 사람들은 몰려드는 시민들에게 밀려서 억울한 죽음을 맞이하고 말았다.

쿠쿠쿠쿵!

마법은 계속해서 날아왔다. 자그마치 서른 명이나 되는 마법사들이 쏟아내는 공격이다. 곤 혼자서 모든 마법 공격을 막는 것은 불가능에 가까웠다. 그가 가진 방어 부적도 바닥이 났다. 이제는 몸으로 버틸 수밖에 없었다.

"크흐흑!"

몇 발이나 맞았는지 모르겠다.

안드리안이 챙겨준 스케일 아머는 마법에 대한 내성이 없었다. 때문에 곤은 파이어, 라이트닝, 아이스, 워터 등의 속성을 가진 공격을 고스란히 몸으로 받아들였다.

마법 내성을 가진 갑옷을 입은 기사라고 하더라도 견뎌내지 못할 정도의 공격이었다.

"저럴 수가."

제3황실근위대 소속의 기사 윌리엄은 눈앞에서 광견처럼 날뛰고 있는 곤을 보며 전율을 금치 못했다.

저토록 많은 마법 공격을 당하고도 살아 있다는 것이 믿기지 않았다. 더군다나 그와 함께 투입되었던 제3황실근위대 소속 기사들 반이 저 사내에게 죽임을 당했다.

저자는 한 마리의 야수였다.

"돌격해! 반드시 저자를 잡아야 한다!"

기사단장이 외치는 소리가 들렸다. 기사단장의 목소리는 심하게 떨리고 있었다. 그의 목소리가 왜 저토록 떨리는지 윌리엄은 충분히 공감이 갔다.

그도 저 사내를 향해서 돌격하기 싫었다. 옆의 10년 지기 친우를 보았다. 그 역시 씁쓸한 표정을 지으며 고개를 가로저었다.

그들은 기사.

명령을 받은 이상 목숨이 날아가는 한이 있더라도 반드시 행해야 한다.

"가자!"

"가자고."

기사들의 검에서 오러가 뿜어져 나왔다. 그들은 곤을 향해서 필생의 힘을 다하여 검을 휘둘렀다.

"으아아아악!"

오러를 머금은 검이 반으로 잘려 허공으로 떠올랐다. 기사들의 잘린 머리와 함께.

돌격하던 기사들의 진열이 한순간에 무너졌다. 손도끼 하나로 기사들의 머리통을 부순 곤이 시민들의 숲을 뚫고 처형장까지 도착했다.

후방에 빠져 있던 기사들이 곤을 포위했다.

"으아아아아!"

곤은 알아들을 수 없는 괴성을 지르고는 그들을 향해서 뛰어들었다. 또다시 피의 소용돌이가 벌어졌다.

팔다리가 잘린 기사.

머리의 일부분이 사라진 기사.

기사들과 함께 움직이던 마법사들의 시체가 곤의 주위에 가득했다.

잠시, 아주 잠시 모두의 움직임이 멈췄다. 미친 듯이 날뛰는 곤에게 질린 기사들과 마법사들이 자신도 모르게 손을 멈춘 것이다.

곤의 눈에는 쓰러져 있는 코일코가 보였다. 그는 천천히 코일코에게 다가갔다. 모두의 시선이 둘에게 집중되었다.

쿵—

곤은 손도끼로 처형장을 지탱하고 있던 나무 기둥 하나를 쳐서 부러뜨렸다. 처형장은 기우뚱거리더니 이내 무너지기 시작했다.

"코, 코일코."

곤은 코일코를 조심스럽게 안았다. 코일코의 안색은 창백했다.

"사… 부… 님."

코일코가 천천히 눈을 떴다. 소년의 입에서 검붉은 피가 한 움큼씩 흘러나왔다. 지상에 추락하며 장기가 크게 다쳤는지 조각난 내장도 함께 섞여 흘렀다.

"그래, 나다."

"후후, 정말로… 사부님이네."

코일코는 희미하게 웃었다.

"조금만, 조금만 참아라. 내가 곧 살려주겠다. 충분히 널 살릴 수 있는 명약이 내게 있다."

"사… 부님……."

"말을 아껴라. 이곳을 탈출하겠다. 의지만 있으면 얼마든지 살아날 수 있다."

"헤헤, 사부님, 너무 보고 싶었어요."

"말을 아끼래도……."

코일코는 가까스로 고개를 흔들었다. 소년은 부러진 팔을 억지로 들어 올려 곤의 뺨을 만졌다. 소년의 손바닥은 얼음처럼 차가웠다.

체온이 사라지고 있었다.

그 말은……

"제발, 아무런 말을 하지 마. 내가, 네 사부가 너를 살려주겠다."

곤은 북받쳐 오르는 감정을 억지로 집어삼켰다. 싸늘하게 식어만 가는 코일코를 보고 있자니 미칠 것만 같았다.

"…사부님. 제가 바보가 아니거든요. 쿨럭쿨럭. 사부님도 아시잖아요. 이런 상태에서는 살아날 수 없다는 것을……."

"아니다. 살려낼 수 있다. 반드시 널 살려내겠다."

"설사… 사부님께서 신의 능력을 가졌다고 하더라도… 쿨럭쿨럭. 저는 다시 살고 싶지 않아요."

"그게 무슨 소리냐. 너의 미래는 창창하다. 내가 그렇게 만들어주겠다. 그러니 제발 용기를 내서 나를 따라오너라."

"사부님……. 세상은 참 무서워요. 사부님이 살던 세상도 이런가요?"

"모든 세상은 이렇다. 이런 세상을 살아남기 위해서는 강해져야 한다. 내가 말을 했지 않느냐."

주르륵.

코일코의 눈에서 맑은 눈물이 흘러 뺨을 타고 내렸다. 흐릿했던 눈동자가 무척이나 맑아졌다. 곤도 이런 현상을 잘 알고 있었다.

회광반조(回光返照).

"안 돼! 죽지 마! 사부가 살려주겠다. 에리카! 에리카 어디에 있어! 제발 이리로 와줘. 에리카!"

곤은 성문 앞에 있을 에리카를 불렀다. 에리카가 어디에 있는지, 자신이 어디에 있는지조차 상황 분간을 하지 못했다.

"사부님……."

"그래, 나 여기 있다."

"이런 세상에서 태어난 제가 죄일까요. 아니면 제가 태어난 세상이 죄악으로 뒤덮인 것일까요."

맑아졌던 코일코의 눈빛이 급격하게 꺼져 갔다. 촛농이 다 되어 촛불이 꺼지듯이.

"너는 잘못이 없어. 너는 세상에 대한 축복이야. 세상이 잘못된 거야. 그러니… 그러니 제발 죽지 말아줘."

끝내…….

강인한 사내의 눈동자에서 눈물이 흐르기 시작했다. 그의 눈물은 코일코의 뺨에 떨어졌다.

"…울고 있나요, 사부님."

코일코는 앞도 보이지 않았다. 피부의 감각도 없었다. 그저 흐느끼는 사부의 감정을 뼈저리게 느낄 뿐이었다.

"코… 일코, 제발 죽지 마라."

곤은 어금니가 부러져라 강하게 물었다.

너무도…….

너무도 무력하다.

이 아이를 구하기 위해서 모든 것을 할 것이라 여겼는데, 눈앞에서 아이를 죽음으로 몰아넣었다. 참을 수가 없었다. 나약한 자신이 너무도 미웠다.

"엄마, 누나, 아빠를 보고 싶어요. …죄송해요, 사부님, 이제 쉴게요……."

"안 돼!"

곤은 간절함을 담아서 코일코에게 외쳤다. 제발 삶의 의지를 놓지 않기를 바라면서.

"다음 생이 있다면 이 엿 같은 세상에서 태어나지 않기를……."

툭.

곤의 뺨을 어루만지던 코일코의 손이 힘없이 바닥으로 떨어졌다.

"으아아아아! 코일코! 코일코 안 된다. 네가 왜! 네가 왜!"

곤은 바닥에 떨어진 코일코의 손을 잡고 자신의 뺨에 비볐다.

체온이 돌아오기를 바라면서.

아이가 눈을 뜨기를 바라면서.

하지만 코일코는 다시 눈을 뜨지 않았다.

"으아아아아아아!"

곤은 코일코를 안고 하늘을 향해서 처절한 절규를 내뱉었다.

그와 함께 곤의 머릿속에 있던 스위치가 '툭' 하고 꺼졌다. 암흑이 그의 뇌리를 지배한다. 아무것도 보이지 않는 칠흑과 같은 암흑이.

쉬쉬쉬쉬식—

곤의 벌린 입에서 녹색의 연기가 흘러나왔다.

그의 두 눈.

그의 두 귀.

그의 코.

그의 항문.

그의 모공에서도 녹색의 연기가 빠르게 뿌려졌다. 연기는 안개가 되어 사방으로 뻗어나갔다.

독무(毒霧)였다.

이제껏 잠자고 있던 최악의 괴물이 두 눈을 뜨게 된 것이다.

*   *   *

"흡, 이건 도대체……."

안드리안은 휘두르던 검을 멈췄다. 지금까지 맑던 하늘이 녹색 안개로 뒤덮였다. 놀란 시민들이 사방으로 흩어졌지만 녹색 안개를 한 숨이라도 마신 자들은 죽음을 면치 못했다.

다…….

죽는다.

"우어어어어억!"

목을 부여잡고.

눈알이 튀어나오며.

자신의 머리를 도끼로 쳐서 자살한다.

아아아아아아아악!

곤의 비명 혹은 절규가 끊임없이 퍼져 간다. 그의 분노는 세상을 향해서 뻗고 있었다.

지금 그의 의지는 존재하지 않는다. 이대로 가다가는 엄청난 희생을 치른 후 자멸을 하고 말 것이다.

"미쳤어. 저대로 두면 안 돼!"

안드리안이 외쳤다.

그녀는 자신도 모르게 독무를 들이켰다. 아주 극소량이었다. 그럼에도 독무의 힘은 엄청났다. 독기가 빠르게 전신으로 퍼졌다.

"제길."

마나를 이용해 독기가 퍼지는 것을 간신히 막아냈다. 설마 곤에게서 뿜어져 나온 독기가 이토록 강할 줄은 상상도 하지 못했다.

독기는 살아 있는 곤충처럼 몸 안에서 꿈틀거렸다. 이것이 마나를 뚫고 전신으로 퍼져 나가면 아무리 안드리안이라고 하더라도 버티지 못한다.

그녀는 독에 대한 내성을 가지고 있지 못했다.

"숨을 참아!"

펑펑이 날아왔다. 그녀는 안드리안의 장기에 퍼진 독을 해독시켜 주었다. 곤이 뿜어내는 독무가 원체 강했지만 펑펑과 동일한 독이었다. 하여 어렵지 않게 곤의 독무를 해독할 수가 있었다.

"카악!"

안드리안의 목에서 독무가 합쳐져 튀어나왔다. 시커먼 죽은피와 함께였다. 얼마나 독한지 바닥이 움푹 파일 정도였다.

주변이 점점 녹색 안개로 뒤덮여 갔다. 안개는 수십 미터 앞도 보이지 않을 만큼 시야를 가렸다. 그사이 수많은 시민이 빠르게 쓰러졌다. 그들은 고통스럽게 비명을 지르며 한 줌의 잿물로 녹아버렸다.

"씽은?"

"잠깐만 기다려!"

씽도 독무에 대해서 내성이 있을 리가 없었다. 설사 있다고 하더라도 지금처럼 독한 독무를 이겨낼 수 있을 것이라 확신을 하지 못한다.

펑펑이 도와줘야 한다.

잠시 후 씽이 모습을 드러냈다. 그도 꽤나 놀란 모양이었다. 입 주위에는 급하게 뱉어낸 피가 잔뜩 묻어 있었다.

"형님을 구해야 돼."

씽은 입 주위에 묻은 피를 닦아내며 말했다.

"그렇긴 하지만……."

안드리안은 곤을 바라보았다. 그를 중심으로 어마어마한 독기가 쉴 새 없이 뿜어졌다. 얼마나 독성이 강한지 처형장을 모두 녹여 버릴 정도였다.

견디다 못한 수많은 기사와 마법사들이 뒤로 물러났다. 그나마 해독술을 펼칠 수 있는 마법사들 덕분에 그들은 목숨을 부지할 수 있었다.

하나, 해독술을 펼쳤다고 하더라도 곤에게 접근을 하기란 쉬운 것이 아니었다.

독무는 점점 퍼져 나가 중앙 광장을 가득 메우기에 이르렀다. 대부분의 시민들이 놀라서 중앙 광장을 빠져나갔다. 그럼에도 독무에 의해서 희생된 시민들의 숫자는 족히 천 명 이상이 넘어갔다.

대살상(大殺傷)!

개인이 행한 것이라고는 믿기지 않는 가공할 살상력이었
다.

"펑펑."

안드리안이 펑펑을 불렀다.

"말해."

"네가 독무를 희석시키면 우리가 곤에게까지 도달할 수 있
을까?"

"나는 가능해. 하지만 안드리안과 씽은 불가능해. 저토록
강한 원념을 가진 독이라면 모든 것을 녹여 버릴 거야."

펑펑은 고개를 흔들었다.

절망적인 말이었다. 가장 독에 대해서 잘 알고 있는 펑펑의
말이니 틀리지 않을 것이다. 그렇다면 어떤 수를 써서 곤을
구해내야 한다는 말인가.

"에리카만 있으면 되는데……."

펑펑은 이를 악물었다. 그녀 역시 상황이 이런 식으로 꼬일
지는 몰랐다. 에리카를 안전한 곳에 피신시킨 것은 합당한 처
사였다.

그러나 지금 상황에서 필요한 것은 에리카만이 가진 정화
의 능력이었다. 그녀의 정화라면 능히 곤을 구해낼 수 있었을
것이다.

"그녀를 데려오기에는 너무 늦었어. 다른 방도를 찾아야 돼."

안드리안은 답답한 듯 길게 한숨을 내쉬었다.

독무는 오직 곤의 마력에 의해서 발생하는 것이다. 이 정도의 어마어마한 독무를 내뿜기 위해서는 막대한 내공을 소모한다. 이미 한계를 넘어섰음이 분명했다.

곤을 구하기 위해서는 한시가 급했다.

"내가 가겠어. 형님만 살릴 수 있다면 죽는 것쯤이야."

씽은 상의를 찢어 얼굴을 감쌌다. 피부가 저절로 찢어질 정도로 독한 독무를 조금이나마 견디기 위함이었다.

"그전에 죽고 말아."

펑펑이 말렸다.

아무리 신체 능력이 월등한 씽이라고 하더라도 곤이 있는 곳까지 독무를 이겨내고 도달할 수는 없을 것이라 여겼다.

"그래도 가야지. 형님을 저렇게 내버려 둘 수는 없어."

으아아아아아아아!

처절한 곤의 괴로운 외침은 끊임없이 들렸다.

씽은 곤을 내버려 둘 수가 없었다. 그의 고통스런 비명을 듣는 것은 너무도 괴로웠다.

"저희가 가지요."

그들의 옆으로 키스톤, 자크, 슈테이가 나타났다.

"당신들은?"

이들이 다시 나타날 것이라 안드리안은 생각지 못했다. 더군다나 최악의 상황이 아니던가. 그들이 자발적으로 나타난 것은 더더욱 의외였다.

"왜?"

약장수들이 무슨 의도를 가지고 있는지 몰라 안드리안은 물었다.

"본사에서 연락이 왔거든요."

"무슨 연락?"

"곤을 보호하라."

"네?"

"뭐, 일단 그렇게 됐습니다. 하여 저희는 최선을 다해 곤을 구하도록 하겠습니다. 성공을 한다면 섭섭지 않게 챙겨주셔야 할 겁니다."

키스톤은 빙그레 웃었다. 그러고 보니 이들은 중독도 되지 않았다.

"가능하겠어요?"

"가능해야지요. 안 그럼 저기 있는 괴물 오크에게 모두 죽을 테니까요."

키스톤은 성벽 위로 피신한 볼튼을 가리켰다. 그는 조금이라도 독무가 잦아들면 곤의 목을 자르기 위해 성벽 밑으로 내려올 것이다. 그를 따르는 12명의 오크 전사와 수많은 기사, 마법사들이 금방이라도 처형장에 투입될 준비를 하고 있었다.

씽과 안드리안이 강하다고 하더라도 저들을 상대로 성도에서 도주할 수 있는 확률은 극히 적었다.

어쩌면 독무가 퍼진 지금이 절호의 기회일 수도 있었다.

"자, 갑니다."

키스톤은 처형장이 있는 곳을 향해서 뛰었다. 자크와 슈테이가 그의 뒤를 바짝 쫓는다.

그들이 강력한 독무를 이겨낼 수 있는 까닭은 그랑쥬리 정글에서 얻은 넥타르란 식물의 즙을 먹었기 때문이었다. 넥타르는 쉽게 구할 수 없는 극히 희귀한 식물이었다.

소량이지만 넥타르 뿌리의 즙을 먹은 이상 최소 30분 이상은 독무에 견딜 수 있을 것이다.

"자크!"

키스톤이 자크를 불렀다.

"어, 어, 어, 마, 말해."

"3초다. 3초를 견딜 수 있겠나?"

"3, 3초?"

"그래. 3초."

자크는 성벽 위에서 엄청난 투기를 내뿜고 있는 볼튼을 보았다. 3초를 버틴다는 것은 저 괴물과 같은 오크의 공격을 최소 2번 이상 막아내야 한다는 말과도 같았다.

솔직히 불가능했다.

"해, 해볼게."

"고맙다. 부탁한다."

키스톤은 처형장 근처까지 접근했다. 얼마나 많은 독무가 주변을 가득 메웠는지 세상 모든 독에 대한 내성이 있다는 넥타르의 뿌리 즙을 마셨음에도 피부가 찢어질 것만 같았다.

다행스러운 것은…….

곤의 의식이 없었다. 그가 발버둥을 쳤다면 이곳에서 빠져나가기 훨씬 어려웠을 것이다.

키스톤은 곤의 목뒤를 '툭' 하고 쳤다. 곤은 앞으로 고꾸라졌다. 키스톤은 쓰러진 곤을 들쳐 업었다. 엄청나게 뿜어져 나오던 독무가 멈췄다. 한결 숨을 쉬기가 쉬워졌다.

곤이 안고 있던 아이가 바닥에 떨어졌다. 아이는 독무를 이겨내지 못하고 조금씩 녹아내렸다.

이 아이가 코일코…….

제국의 역사를 바꾸게 된 아이.

그리고…….

이 아이로 인해 제국은 역사상 유례가 없는 마왕을 만들고야 말았다.

치이이익—

"미안하다, 소년."

키스톤은 완전히 녹아서 없어진 코일코를 보며 진심으로 미안한 감정을 가졌다.

고오오오오—

강대한 투기가 머리 위에서 떨어졌다. 키스톤은 고개를 들었다.

괴물 오크, 볼튼이 그의 시야에 잡혔다.

"온다……."

*   *   *

"아아— 아, 아프다, 아파."

자크는 비틀거리며 뒤로 물러났다. 강철과 같은 그의 육체가 반으로 갈라지고 있었다. 볼튼과 공방을 나눈 것도 아니었다.

단 일 합.

일격에 자크가 들고 있는 도끼는 반 토막이 났고 그의 육체는 반으로 갈라졌다.

강철의 검으로도 뚫을 수 없던 그의 육체는 허무할 정도로 무너지고 있었다.

자크는 뒤를 돌아봤다. 키스톤은 이제 곤을 데리고 이곳을 막 벗어나고 있었다. 독무가 빠르게 사라지고 있었다. 이대로는 저들이 잡히고 만다.

키스톤은 자크에게 큰형이나 마찬가지였다. 그는 어렸을 적부터 바보로 놀림을 받았다. 또래는 누구도 그와 놀아주지 않았다. 아버지와 어머니는 그런 자크를 품에 안고 괜찮다고 말했다.

"너는 그 아이들보다 훨씬 힘이 세잖니. 어른들처럼 큰 나무도 힘 있게 들어 올리고. 괜찮다. 다들 네가 부러워서 그런 거야."

"저, 정말이야, 아, 아부지?"

"그렇고말고. 그러니까 우리 자크는 잘 먹고 잘 크면 된단다."

"헤헤헤."

하지만 언제나 자크의 편이 되어주던 부모님은 돌림병으로 죽고 말았다. 자크는 죽은 부모님 옆에서 떠나지 않았다. '아부지, 아무이, 왜 잠만 자?'라며 슬퍼할 뿐이었다.

돌림병이 돈 마을을 지킬 사람은 없었다. 가까스로 살아남은 사람들은 마을을 버리고 다른 영지로 떠났다.

남은 사람은 자크 혼자뿐이었다.

배고픔을 견디지 못한 자크는 부엌을 뒤졌다. 먹을 것은 없었다. 쥐떼만 돌아다녔다. 쥐떼가 너무 빨라서 잡지도 못했다. 소년은 마당으로 나와 아무것이나 주워 먹었다. 배탈이 났다. 통증을 이기지 못한 소년은 속에 있는 것을 모두 게워 내다 의식을 잃고 말았다.

본래 타고난 체력 덕분인지 자크는 얼마 지나지 않아 의식을 차릴 수 있었다.

"어무이, 아부지, 배고파."

소년은 집으로 들어갔다. 어디선가 나타난 쥐떼들이 부모님의 시체를 파먹고 있었다.

"으아아앙, 안 돼! 안 돼! 하, 하지 마! 우리 어무이, 아부지, 괴롭히지 말란 말이야!"

소년은 손에 각목을 쥐고 쥐떼들을 향해 휘둘렀다. 소년에게 잡힐 만큼 쥐들은 느리지 않았다. 순식간에 쥐들은 소년의 시야에서 사라졌다.

"우에에엥, 아부지, 어무이."

소년은 울었다.

마침 마을을 지나던 키스톤은 아이의 울음소리를 듣게 되었다. 전염병이 돌아 쑥대밭이 되어버린 마을이라고 알고 있었던 그였다. 생존자가 있을 것이라고는 생각지 못했다.

키스톤은 울음소리가 들리던 집으로 들어갔다.

집 안은 참혹했다.

아이의 부모는 이미 불귀의 객이 된 지 오래였다. 부패가
진행되어 구더기가 들끓었다. 쥐들이 파먹은 흔적도 보였다.
아이는 부모님이 일어나지 않는다고 울고 있었다.

조금은 지능이 떨어지는 아이였다.

키스톤은 그 아이를 거뒀다. 이런 곳에서 이런 아이가 혼자
서 살아날 수는 없었다.

아이는 지능이 떨어지는 대신 끈기가 있었다. 이 아이가 외
공을 익혀 이토록 강해질 것이라고는 누구도 예상을 하지 못
했다.

"혀엉, 혀엉, 아파."

아프지만 참는다. 여기서 볼튼을 놓치게 되면 키스톤과 슈
테이가 죽을 수도 있었다.

"우아아아아!"

자크는 전력을 다해서 볼튼의 허리를 붙잡았다. 쓰러지던
자크가 다시 덤벼들 줄 몰랐던 볼튼은 인상을 찌푸렸다.

"이 버러지 같은 것이!"

볼튼은 자크의 목을 잡고는 꺾었다. 그의 목은 너무도 힘없
이 부러지고 말았다.

아무리 외공을 익혔다고 하더라도 압도적인 볼튼의 힘 앞

에는 무용지물이었다.

목이 반쯤 돌아간 자크가 바닥에 쓰러졌다.

허엉…….

자크의 눈이 천천히 감겼다.

이미 볼튼의 눈에서 곤이 사라졌다. 그는 사납게 외쳤다.

"곤을 잡아라! 절대로 놓쳐서는 안 된다!"

Chapter 3. 광신의 도시 에덴으로

"아, 이제 우리 차롄가."

거구의 체일이 앞으로 나섰다. 그는 덩치에 걸맞게 거대한 버디슈(Berdsh)를 들고 있었다. 버디슈는 다른 도끼에 비해서 두 배는 무거운 무기다. 바스타드 소드처럼 일격에 적을 분쇄할 만큼 강력한 파괴력을 지녔다.

두 개의 패링 대거를 든 퍼쉬와 베기를 목적으로 사용하는 행어를 든 불킨이 체일의 양옆에 섰다.

그들의 앞에는 수많은 시체가 놓여 있었다. 모두 독무에 당한 시민들의 시체였다. 고통을 참지 못하고 혀를 깨물거나 목을 부여잡고 피를 토하고 죽은 시체가 대다수였다.

시민들의 시체를 보며 식신들은 조금의 감정도 느끼지 못했다.

차라리 잘 죽었다는 생각을 하기도 한다. 이들은 곤의 괴로움을 즐기기 위해 이곳에 온 존재들이니까.

"그나저나 우리의 신체는 정말 튼튼한걸. 마스터의 독무를 전혀 느끼지 못하겠네."

체일은 크게 숨을 들이켰다. 몇 번이나 반복했지만 마찬가지였다.

"마스터께서 우리는 독식신이라고 하셨어. 독에 대해서는 누구보다 강한 내성이 있는 것 아니겠어?"

불킨이 대답했다.

"그래. 죽은 우리를 다시 환생시켜 주시고 이런 육체까지 주신 마스터야. 천 년을 갚아도 다 갚지 못할 은혜지."

패링 대거를 손에 쥔 퍼쉬의 눈빛에서 곤과 같은 녹색 눈빛이 감돌았다. 녹색 눈은 한때 중앙 광장으로 불렸고 지금은 지옥광장(地獄廣場)으로 변해 버린 곳을 바라봤다.

인산인해의 시체가 널려 있었다.

독무가 옅어지자 마법사들의 버프를 받은 수많은 기사와 병사가 광장 안으로 쏟아져 나왔다. 그들은 곤을 들쳐 업고 도주한 키스톤을 쫓았다.

족히 수백 명.

또한 곤의 최악의 적이라 할 수 있는 볼튼과 12명의 오크도 함께였다.

식신들의 동료인 용병들이 제때 나타나 그들을 분산시켰다. 용병들은 전력을 다해 사방으로 흩어졌다. 기사들과 병사들은 어쩔 수 없이 병력을 나눠 용병들을 쫓을 수밖에 없었다.

그리고 식신들이 길을 막고 있는 곳은 곤이 도주한 바른 길이기도 했다. 그들을 향해 달려오고 있는 자들은 족히 스무 명 이상.

쿵—

체일은 버디쉬를 바닥에 찍었다. 옅은 독무로 인해서 아직 시야가 확보되지 않은 중앙 광장 주위는 짙은 적막으로 휩싸여 있었다.

덕분에 체일이 바닥에 버디쉬를 찍자 강렬한 소리가 사방으로 뻗어 나갔다.

제국군 기사들과 병사들이 멈칫거렸다.

"이 길은 누구도 넘지 못한다."

체일이 외쳤다.

그런 세 명의 식신을 보며 게인테라스는 비웃음을 흘렸다.

게인테라스는 제국군 정규 17기사단 소속의 상급 기사였다. 비록 급작스럽게 처형장에 동원됐지만 이런 일까지 할 법한 낮은 위치는 아니었다.

"미친놈들."

위세 좋게 길을 가로막았지만 저들의 차림새로 보아 용병이 분명했다. 감각을 일으켜 전신을 살펴봐도 특이한 기운은 느껴지지 않았다.

마나조차 느끼지 못하는 하급 용병 나부랭이일 뿐이었다.

"쓸어버려라!"

게인테라스는 명령을 내렸다. 그를 따르던 15명의 제국군 병사가 용병들을 향해서 일제히 창을 찔렀다.

창은 가장 선두에 섰던 체일의 몸에 박혔다. 아니, 박혔다고 생각했다. 창끝은 체일의 몸을 조금도 뚫지 못했다. 고무를 누른 것처럼 근육이 안쪽으로 밀렸다가 밖으로 튕겨졌다.

"참쇄(慘碎)!"

체일은 비릿하게 웃으며 버디쉬를 휘둘렀다. 그의 버디쉬가 크게 회전을 하며 병사들이 찌른 창대를 모조리 반으로 잘라 버렸다. 놀란 병사들이 손을 놨지만 이미 늦었다.

허리가 반으로 잘린 병사들이 두 눈을 뜬 채 목숨을 잃었다.

몇몇은 간신히 체일의 공격을 피했다. 그들이 입고 있는 브

레스트 플레이트가 크게 찢어져 있었다. 상처 사이로 피가 주르륵 흘렀다.

"크헉!"

병사들은 검붉은 피를 토했다.

"어, 어느새?"

마법사들의 버프로 독에 내성이 생겼던 병사들이 독에 중독되어 죽임을 당한 것이다.

체일, 퍼쉬, 불킨은 독식신, 그들은 마나를 일으키면 자연스럽게 무기에 독 기운이 스며든다. 비록 곤처럼 무지막지한 독이 아니라고 하더라도 일반 병사들쯤은 단 몇 초 내에 사망에 이르게 할 수 있었다.

순식간에 병사들의 절반을 잃은 게인테라스는 직접 검을 빼 들었다.

"등신들 보게. 넋을 놓고 있는 것 좀 봐."

체일의 등을 밟고 퍼쉬가 뛰어올랐다. 그는 본래 민첩성이 뛰어났다. 하여 용병일 시절에도 정찰병으로 지낼 때가 많았다.

그는 식신이 되고 난 후 본래 가지고 있던 민첩성은 배 이상으로 빨라졌다.

퍼쉬는 높게 뛰어올라 가장 뒤쪽에 있던 기사의 정수리를 패링 대거로 찍었다. 단단한 두개골이 너무도 쉽게 뚫렸다.

퍼쉬의 패링 대거는 기사의 정수리를 지나 턱을 뚫고 나왔다.

주르륵―

기사의 눈과 코, 입에서 검게 변해 버린 핏물이 흘러나왔다. 즉사였다.

퍼쉬는 개구리처럼 펄쩍펄쩍 뛰어다니며 병사와 기사들의 정수리에 패링 대거를 꼽아 넣었다. 그의 행동이 우스꽝스럽게도 보이지만 결과는 결코 그렇지 않았다.

"이, 이럴 수가."

눈 깜짝할 사이에 열다섯 명의 병사와 네 명의 기사가 목숨을 잃었다.

이 사실이 믿기지 않는다는 듯이 게인테라스는 큰 눈을 떴다 감았다를 반복했다.

"대륙의 모든 왕국 중에 가장 위대한 기사는 제국의 기사라고 하더니 꼭 그렇지만도 않군."

어느새 다가온 불킨의 행어가 게인테라스의 허리를 반으로 가르고 있었다. 정신을 차린 게인테라스가 급히 검을 들어 막아보려고 했지만 이미 한발 늦었다.

스윽―

허리가 반으로 잘린 게인테라스의 상체가 바닥에 떨어졌다.

"우아아아아! 이놈들!"

가공할 투기의 파도가 물밀 듯이 밀려왔다. 그것은 식신들을 한꺼번에 덮쳤다. 육체의 능력치가 비약적으로 상승한 식신들이지만 뒷머리가 곤두설 정도로 오싹함을 느꼈다.

　상당한 거리에서 이 정도의 투기를 보낼 수 있는 자는 그들이 아는 한, 한 명밖에 없었다.

　볼튼이 온다.

　"물러나자. 우리로서는 놈을 막지 못해."

　체일이 말했다.

　검에서 피를 털어내고 있던 불킨과 퍼쉬가 고개를 끄덕였다. 그들은 볼튼이 도착하기 전에, 재빨리 전장을 이탈했다.

＊　　　＊　　　＊

　볼튼은 죽은 기사와 병사들을 물끄러미 바라봤다.

　뿌드득―

　그는 어금니를 강하게 물었다. 분노로 인해서 투기가 점점 높아져만 갔다. 그의 강건한 육체를 중심으로 작은 회오리가 생겨났다.

　투기의 소용돌이.

　볼튼의 분노가 극에 달했을 때 자동적으로 생겨나 주변의 적들을 한꺼번에 쓸어버리는 기술이었다. 그의 몸에서 투기의 소용돌이가 발생하자 시체들끼리 부딪쳐 산산조각이 나며 흩어졌다.

"지존이시여. 놈들을 놓쳤습니다. 하지만 걱정하지 마소서. 지존의 손과 발이 당장 놈을 뒤쫓아 머리를 잘라 가져오겠습니다."

게우스가 볼튼의 뒤에서 무릎을 꿇었다.

어느새 열두 명의 전사가 모두 모였다. 개개인이 어마어마한 무력을 갖춘 자들이다. 하지만 그들은 볼튼에게 충성의 맹약을 맺었다. 볼튼이 나가서 죽으라고 명령을 내린다면 기꺼이 죽을 각오도 서 있었다.

"놈이 독무를 내뿜었을 때, 이미 놓친 것과 진배가 없다."

볼튼은 고개를 흔들며 말했다.

"아닙니다. 아직 시간은 있습니다."

게우스가 말했다. 그는 조바심을 느끼고 있었다. 곤을 잡기 위해서 몇 개의 함정과 엄청난 병력을 배치했다. 수만 명이 넘는 시민들을 방패막이 삼아 어렵지 않게 그를 잡을 수 있을 것이라 여겼다.

광분한 곤이 처형장에 들이닥칠 때까지만 하더라도 다 잡았다고 생각했다.

하지만…….

상상도 못할 극독이 중앙 광장 전체를 뒤엎었다. 독무로 인해서 얼마나 많은 사상자가 났을지 집계도 되지 않았다.

가장 큰 문제는 그토록 공을 들여서 잡으려고 했던 곤을 놓친 것.

"과거 나는 곤보다 약했다. 그것이 나의 트라우마. 그 일로 인해 나는 마을을 배신했다."

"배신했다니 당치도 않은 말씀입니다. 그들이 먼저 지존의 마음을 배신한 것입니다."

게우스는 머리를 흔들었다.

볼튼은 계속 말을 이었다.

"지금의 나는 누구보다 강하다."

"지당하신 말씀이옵니다."

"지금이 나라면 곤과 정면으로 붙어서도 이길 있는 자신감이 있었다."

"역시 지당하신 말씀이옵니다."

"하지만 놈의 독무를 본 순간 나의 자존심은 깨졌다."

"……."

게우스는 볼튼의 말에 동의를 할 수가 없었다. 감히 인간 따위를 지고의 경지에 들어서고 있는 지존과 한자리에 놓을 수는 없었다.

"수천 명을 단숨에 살상할 수 있는 이 거대한 힘."

"단순히 독무일 뿐입니다. 놈이 사술을 썼을지도 모릅니다."

"아니, 확실히 보았다. 독무는 놈의 힘. 그리고 이 독무를 한꺼번에 모아서 사용할 수 있다면 어쩌겠는가."

순간 게우스의 머리에는 전설로 내려오는 한 구절이 떠올랐다.

—광전사 폭스겐은 먹지도 자지도 않고 걸어갔다. 그가 걸어가는 길은 죽음이라는 말로밖에 설명이 되지 않았다. 가로막는 모든 기사단은 한 줌의 핏물로 사라졌다. 시체가 산이 되었고 세상은 하루도 빼놓지 않고 비명을 질렀다.

그가 짓밟은 도시에 역병이 생겨났다. 역병이 빠르게 대륙을 휩쓸었다. 대륙의 인구가 십분의 일로 줄었다.

모든 것은 광전사 폭스겐의 저주.

그는 죽음을 관장하는 포이즌 로드(Poison Lord)다.

"설마 전설에 나오는 포이즌 로드를 말씀하시는 것인지요."

"큭큭큭, 설마. 아무리 곤이 강하다고 하더라도 대륙 전체를 피로 물들인 광전사 폭스겐, 포이즌 로드만 하겠느냐. 그건 말 그대로 전설. 하지만 놈이 강한 것은 분명하지."

볼튼의 말을 듣자 더더욱 곤을 인정하기 싫은 게우스였다.

"저에게 시간을 주십시오. 반드시 놈의 목을 따 오겠습니다."

"할 수 있겠느냐?"

예상외의 말이 볼튼의 입에서 튀어나왔다. 분명 말릴 줄 알았는데. 만약 볼튼이 '너는 아직 약하니 그럴 필요가 없다' 라는 말을 했다면 마음에 큰 상처를 받았을 것이다.

하지만…….

지존께서는 자신을 인정했다.

게우스는 희미하게 미소를 지으며 대답했다.

"반드시."

"누르크, 샤우트, 나서라."

"예, 지존."

볼튼의 말에 거구의 오크와 탄탄한 체구의 오크가 몸을 일으켰다.

"너희가 게우스를 도와라."

"알겠습니다."

누르크와 샤우트는 두 번 생각하지 않고 곧바로 대답했다.

"저 혼자서도 할 수 있습니다."

게우스가 말했다.

"아니다. 놈도 동료가 있지. 너도 동료가 필요하다."

동료라…….

볼튼은 패왕이다. 절대적인 힘으로 모든 것을 파괴하고 짓누른다. 목숨을 부지할 수 있는 길은 오직 볼튼을 받드는 일

뿐이었다.

그런 볼튼의 입에서 동료라니.

게우스는 진심으로 감격했다. 그는 머리를 바닥에 조아리며 볼튼에게 다가가 발등에 입을 맞췄다.

"저는 지존의 검. 반드시 곤의 목을 바치겠나이다."

*   *   *

에리카는 기겁을 하도록 놀랐다. 곤은 초주검이 되어서 돌아왔다. 몇 시간 전까지만 하더라도 멋들어지게 웃던 그가.

"이게 도대체 무슨 일입니까?"

에리카는 안드리안에게 물었다. 씽과 안드리안, 용병들까지 모두가 크고 작은 상처를 입었다. 하지만 목숨이 위험한 자는 없었다.

있다면 단 한 명.

곤뿐이었다.

일행 중에 최강이라 불리는 곤이 이런 꼴이 된 것이 믿기지가 않았다.

"지금은 사정을 설명할 시간이 없습니다. 어서 빨리 성 밖으로 탈출을 해야 합니다."

안드리안이 다급하게 말했다.

"당장이요? 지금 움직이면 곤은 죽어요."

"안 움직여도 죽습니다. 제국 전체가 곤을 뒤쫓을 겁니다."

"제국 전체가……."

에리카는 안드리안과 같은 말을 읊조렸다.

하긴 지금 벌인 일은 제국을 향해 반기를 든 것과 같은 행위였다. 처형장을 습격해 사형수들을 탈출시킨다는 것 자체가 얼마나 위험한 일이던가.

"하면 곤이 구하려던 아이는?"

안드리안은 고개를 푹 숙이며 힘겹게 고개를 흔들었다.

"곤이 깨어나면 충격을 크겠군요."

"네, 이렇게 된 것도 곤의 의지입니다. 코일코를 그렇게 만든 자신을 용서하지 못한 거지요."

"의식을 봉인했군요."

"맞아요. 하지만 일단 살아 있습니다. 일단은……."

안드리안은 뒷말을 흐렸다.

에리카를 빼고는 모두가 곤의 처절한 모습을 보았다. 그가 얼마나 큰 절망에 빠졌는지도.

안드리안과 씽의 표정을 보며 에리카는 자신이 모르는 뭔가가 더 있다는 것을 느꼈다. 그러나 더 이상 묻지는 않았다. 그들의 표정으로 보아 알아서는 안 될 일임을 느꼈기 때문이었다.

에리카는 얕은 숨을 쉬고 있는 곤의 심장에 손바닥을 얹었다.

"신의 가호 정화(淨化)."

모두가 보기에도 따뜻한 빛이 흘러나와 곤의 심장으로 스며들었다. 에리카는 최상급 수녀. 그녀의 정화력이라면 어지간한 부정한 것들을 몰아낼 수가 있었다.

"크흡."

에리카의 안색이 시커멓게 죽었다. 이윽고 그녀는 검붉은 액체를 바닥에 뱉어냈다.

안드리안이 깜짝 놀라 물었다.

"에리카, 괜찮아요?"

"허억허억."

에리카는 거친 숨을 내쉬었다. 그녀는 보지 말아야 할 것은 본 것처럼 두려운 눈빛을 하고 있었다.

"왜 그래요. 에리카. 곤이 상태가 그렇게 좋지 않아요?"

"네."

에리카는 짧게 두 번 고개를 끄덕였다.

"도대체 얼마나 좋지 않기에."

"그의 심연 속에 있는 것은⋯⋯."

"있는 것은⋯⋯."

안드리안은 그녀의 말을 되풀이했다.

"끔찍할 정도로 지독한 악의(惡意)."

"악의?"

"네. 저로서는 손도 대지 못할 정도의 악의입니다. 이 정도의 악의는 본 적도 없어요."

에리카는 오한이 드는지 양팔로 자신의 어깨를 감쌌다.

안드리안과 용병들은 그녀와 같은 한기를 느꼈다. 그들은 의식을 잃고 있는 곤을 바라봤다. 그들은 자신도 모르게 척추를 타고 올라와 뇌리까지 파고드는 불길함을 맛봤다. 평생 잊을 수 없는 두려운 맛이었다.

*　　　*　　　*

곤을 실은 한 대의 마차와 뒤를 따르는 열여덟 필의 말.

그들은 뒤따르는 제국군 어쌔신들을 다섯 번이나 물리쳤다. 다행히도 급히 그들을 쫓아서인지 어쌔신들의 숫자는 많지 않았다.

제대로 무장을 갖추지 않은 얼빠진 것들도 있었다. 아마도 곤과 일행들의 무력을 얕본 듯하다.

그렇다고 하더라도 심각한 부상을 입은 곤을 데리고 계속해서 적들과 싸우며 제국을 탈출할 수는 없었다.

안드리안과 씽, 에리카와 용병들은 머리를 맞대고 탈출 계획을 세웠다. 여러 방안이 나왔지만 그중 가장 확실한 방법은 양동이었다.

키스톤과 슈테이는 자크를 잃었다는 슬픔 때문인지 먼저 말을 거는 일은 거의 없었다. 그저 묵묵히 그들의 의견을 따를 뿐이었다.

"저희가 어쌔신들을 데리고 남쪽으로 향하겠습니다."

불킨과 체일, 퍼쉬가 말했다.

"당신들이?"

안드리안이 의문스럽게 그들을 바라봤다. 그녀가 돌아왔을 때 일행 중 가장 이질적인 존재가 바로 이들 세 명이었다. 예전에 알던 용병들과는 조금 달랐다.

용병들은 곤에게 은혜를 입었다. 하여 항상 고마워하는 마음을 가지고 있었다. 하지만 이들 세 명은 곤에게 맹목적인 충성을 보였다.

옆에서 보기에도 심하다고 생각할 정도였다. 곤에게 자세한 내막을 듣지 못해서 그 이유까지는 알 수 없었다.

"네, 단장님. 저희가 제국 놈들의 미끼가 되겠습니다."

불킨이 다시 말했다.

"죽을 수도 있어. 그리고 겨우 셋이서? 불가능해. 안 돼. 이제 더 이상 헛된 죽음은 보고 싶지 않아."

안드리안이 고개를 흔들었다.

"저희는 쉽게 죽지 않습니다."

"아무리 말해도 마찬가지야. 목숨은 하나야. 몇 개나 되는 것이 아니라고."

불킨과 퍼쉬, 체일은 서로를 바라봤다. 그들의 눈빛에서 약간의 망설임이 있었다.

"납득시켜 드려."

씽이 말했다. 곤을 제외하고는 그들에 대해서 가장 잘 알고 있는 자가 씽이었다. 씽의 말에 그들은 고개를 끄덕였다.

불킨은 단검을 빼내 들었다. 언제부턴가 쓰던 그의 행어는 달빛에도 비치지 않을 만큼 칙칙한 색을 띠고 있었다.

그는 한쪽 팔을 평평한 돌 위에 얹은 후 팔뚝부터 손목 위까지 행어로 그었다. 뼈가 보일 정도로 깊게 파인 상처였다. 피가 튀어 바닥에 흘렀다.

"무, 무슨."

안드리안은 당황하여 급히 붕대를 꺼냈다. 왜 불킨이 이런 행동을 했는지 이해할 수가 없었다.

"괜찮습니다."

불킨는 기겁하는 안드리안을 안심시켰다. 그럼에도 안드리안은 불킨이 왜 그런 행동을 했는지 이해하지 못하는 표정이었다.

불킨은 거기에 더해서 팔의 가죽을 잡아서 밑으로 당겼다. 심줄과 근육이 고스란히 드러났다. 언뜻 보면 고문을 연상시킬 정도로 잔인한 행위였다.

그것은 불킨이 직접 자신의 팔에 시범을 보이는 것이다.

"그것을……."

불킨은 퍼쉬에게 손을 내밀었다. 퍼쉬는 가방에 있던 붉은 병을 꺼내 불킨에게 주었다. 치료 효과가 있는 포션으로 보였다.

불킨은 붉은 병에 담긴 액체를 마셨다.

그러자 놀라운 일이 일어났다.

안드리안은 물론이고 용병들의 눈이 휘둥그렇게 변했다. 뜯어낸 팔의 가죽이 재생을 시작한 것이다. 거품이 일어나며 피부가 빠른 속도로 제 모습을 되찾아갔다.

"다, 당신들… 언데드군요."

에리카는 경악스러운 표정으로 말했다. 비록 모든 것을 내팽개치고 곤을 따라 신전을 박차고 나왔지만 그녀는 본래 상급 수녀였다.

만약 교단이 타락하지만 않았더라면 그녀가 신전을 뛰쳐나오는 일은 절대로 없었을 것이다.

당연히 신과 적대적인 위치에 존재하는 언데드는 그녀에게 무척이나 불편한 자들이었다.

지금까지 불킨과 체일, 퍼쉬에게 불편한 느낌을 받았던 이유는 바로 이것이었다.

"언데드?"

놀란 안드리안은 식신들과 에리카를 번갈아 바라봤다.

"네, 지금 불킨이 마신 것은 생명의 씨앗, 정제된 블러드입니다."

"피란 말이지?"

"맞습니다. 제가 마신 것은 분명 핍니다."

불킨이 대신 대답했다.

"그리고 이것."

그는 바닥을 가리켰다. 그의 팔에서 흐른 피가 흙바닥과 돌을 천천히 녹이고 있었다.

"포, 포이즌 언데드(Poison undead)?"

포이즌 언데드와 평범한 언데드는 달랐다. 보통 언데드를 가리키면 좀비나 스켈리톤, 구울, 고스트 등 하급 몬스터를 뜻한다. 하지만 포이즌 언데드는 그들보다 한 차원이 높은 몬스터였다.

그들은 최소 1천 명이 죽어서 버려진 시체들 사이에서 태어난다. 시독과 원령을 흡수하여 보다 강력한 언데드가 되는 것이다.

중급 몬스터 이상의 위력을 가졌지만 그것보다 무서운 것은 포이즌 언데드가 흘리는 시독이었다. 놈이 한번 출몰하면 마을 자체를 폐쇄시켜야 한다. 그렇지 않으면 포이즌 언데드의 독을 마시고 똑같은 놈이 되고 만다.

가공할 정도로 독성을 가진 괴물이 바로 포이즌 언데드였다.

그러나 불킨은 고개를 흔들었다.

"조금 다릅니다."

"언데드가 아니란 말이야?"

"굳이 말을 하자면 독식신입니다."

"독식신?"

안드리안은 이해가 되지 않는 듯 눈살을 찌푸렸다. 그가 아는 한 독식신이라는 존재에 대해서 들어본 적이 없었다.

불킨은 안드리안과 용병, 에리카에게 자신들의 존재에 대해서 설명을 해주었다. 이곳에 곤이 있었더라면 독식신이라는 존재에 대해서 설명을 했을 것이라 여겼기에 불킨은 마음을 열고 얘기를 한 것이다.

불킨의 설명을 들은 안드리안은 놀라움을 감추지 못했다.

샤먼의 능력이 이토록 대단한지 처음으로 알았다. 죽은 자의 영혼을 다시 불러올 수가 있다니. 더군다나 설명대로라면 이들의 육체는 불사에 가깝지 않은가.

"하여, 저희는 음식이 필요치 않습니다."

퍼쉬가 말을 이었다.

"필요한 건 피뿐인가."

용병들은 피라는 말에 거부감을 느꼈다. 피를 마시는 존재
는 그들 생각에서도 상식적이지 않았다.

"어쩔 수 없습니다. 하나 마스터께서 말씀하시길 인간의
피를 섭취할 때는 해로운 자의 것으로 하라고 명하셨습니
다."

퍼쉬는 씁쓸한 표정을 지었다.

그들 역시 피를 마시는 것에 대해서 혐오감을 느낀다. 하지
만 이미 벌어진 일이었다. 되돌릴 수는 없었다.

안드리안은 길게 한숨을 내쉬었다. 어쨌든 이들이라면 능
히 추적자를 따돌릴 수 있을 듯했다.

"좋아. 그럼 너희를 믿을게."

"감사합니다, 단장님."

"어디서 합류를 해야 하는지는 알고 있어?"

"아니요. 말씀해 주십시오."

"지금부터 우리는 제국의 북쪽으로 갈 거야. 콘고 공화국
을 거쳐 아슬란 왕국으로 가겠어."

"그럼 저희는?"

"우리가 왔던 길로 되돌아가."

그녀의 말은 3공국 연합체를 거쳐 아슬란 왕국으로 되돌아

가라는 소리였다. 길이 확보된 만큼 큰 어려움이 예상되었다.

"그리고 아슬란 왕국 변방에서 켈리온 남작 가문을 찾아라. 뮬란 님과 친우라고 하면 될 거야."

"켈리온 남작 가문……. 알았습니다."

불킨은 잊어버리지 않겠다는 듯이 안드리안의 말을 되뇌었다.

"좋아. 그럼 모두 두 시간만 쉬었다가 다시 출발하자."

모두가 고개를 끄덕였다.

사실 제국의 성도에서 도망쳐 나온 것 자체가 기적에 가까웠다.

제국군의 복잡한 상황.

개혁파의 보수파 잔당 처리, 황제 옹립에 대한 귀족들의 분열, 테일즈 백작과 다니엘 백작의 분열 조짐, 지방에서 일어나는 대귀족들의 반란 등 수많은 상황이 겹치지 않았다면 이토록 쉽게 제국의 성도에서 빠져나오지 못했을 것이다.

설사 도망을 쳤다고 하더라도 겨우 어쎄신 정도만 추격조로 보내지는 않았을 것이다.

혼란이 극에 달한 상황이었기에 그들은 하늘이 도와 탈출을 한 것이라 할 수 있었다.

한 달만 지난 시점이었다면 결코 단 한 명도 성도를 탈출하지 못했으리라.

잠깐의 휴식을 취한 그들은 각기 다른 길로 떠나갔다. 용병들은 식신들에게 꼭 살아서 만나자는 말을 빼먹지 않았다.

남은 자들은 불킨과 체일, 퍼쉬였다. 그들은 일행이 머물렀던 자리를 깨끗하게 지운 다음 일부러 흔적을 흘리며 남쪽으로 이동했다.

*　　*　　*

식신들이 어쌔신들을 끌고 갔기 때문일까. 국경을 넘을 때까지 단 한 번의 습격도 받지 않았다. 안드리안과 씽의 입장에서는 천만다행이었지만 자발적으로 사지로 간 식신들의 안위가 걱정이 되기도 하였다.

그들이 가는 곳은 콘고 공화국이었다. 영토도 넓고 대지도 비옥하지만 인구가 적어 중립국을 표방한 나라였다. 그들이 중립국을 외칠 수밖에 없는 이유는 네 개의 나라와 인접하고 있기 때문이었다.

북의 호랑이 아이크 왕국.

대륙 최강 쿤타 제국.

미지의 영토 라덴 왕국.

동의 사자 아슬란 왕국.

아무리 영토가 넓고 비옥하면 무엇을 하겠는가. 콘고 공화국은 영토를 지킬 병력이 턱없이 부족했다. 그들이 자신을 지킬 수 있는 방법은 모두와 친밀한 유대 관계를 유지하는 것이었다.

덕분에 그들은 아슬아슬한 외교를 펼칠 수가 있었다. 각기 다른 네 나라는 콘고 공화국의 비옥한 토지에 군침을 흘렸지만 함부로 침공을 할 수가 없었다.

잘못하면 양쪽으로 공격을 당해 큰 피해를 볼 수도 있었다.

그렇다고 콘고 공화국이 마음을 놓을 수는 없었다. 네 나라 모두에게 자유로운 통행권을 남발하다 보니 사건 사고가 끊이지 않았다.

특히 자신의 나라에서 죄를 짓고 콘고 공화국으로 넘어오는 범죄자들이 허다했다. 범죄자들은 다섯 나라가 상호 불가침 조약을 맺고 있어 함부로 군사를 파견할 수 없다는 맹점을 이용한 것이다.

국가에 큰 피해를 입힌 자들을 잡기 위해서는 각국의 동의가 필요했고 그 인원도 무장한 병력 20명 이하로 한정했다.

제국과 콘고 공화국의 접경선은 상당히 어수선했다. 제국에서 터진 내전이 널리 소문이 나서 그럴 수밖에 없었다. 양측의 병사들은 제대로 된 검문을 하지 않았다. 많은 범법자들과 목숨이 위태로운 귀족들이 상당한 양의 재물을 그들에게 넘기고 국경을 넘었기 때문이었다.

국경을 지키는 병사로서는 살아생전 처음이자 마지막으로 큰돈을 만질 수 있는 기회였기에 재물을 넘기는 자라면 어떤 상대라도 접경선을 넘게 해주었다.

곤을 실은 마차는 어렵지 않게 국경을 넘을 수가 있었다. 분명 마차 한 대와 열다섯 필의 말은 충분히 의심이 갈 만한 파티임에도.

바닥은 잘 다져져 있었다. 며칠간 비가 오지 않아 진흙에서 수분이 빠진 것이다.

덕분에 마차는 빠르게 국경을 벗어날 수가 있었다.

바람이 불어 끝없이 펼쳐진 황금벌판을 휘저었다. 곳곳에서 아낙네들이 밀을 수확하고 있었다.

"평화롭네."

창틀에 기댄 안드리안이 중얼거리듯이 말했다.

"그러게요. 너무도 평화롭군요."

키스톤이 그녀의 말에 응답했다.

그들은 지옥과 같은 사선을 넘어서 이곳까지 도달했다. 서로가 함께 움직인 시간은 길지 않았지만 생사를 함께했다는 사실에 묘한 동질감을 느꼈다.

또한 키스톤은 친동생과 같은 자크를 잃었다. 그가 어떤 마음으로 곤을 구했을지 감히 짐작도 가지 않았다. 아마도 많이 아팠을 것이다.

"이제 우리는 어디로 가야 하죠?"

안드리안이 키스톤에게 물었다.

키스톤이 어떤 비밀조직에 속해 있다는 것을 모두가 알고 있었다. 그도 그것을 인정했다. 상부에서 내려온 지시는 곤을 끝까지 보호하라는 것, 다음 지시는 추후에 내린다고 하였다.

키스톤은 솔직히 얘기했다. 단, 그의 조직이 어떤 것인지에 대해서는 얘기하지 않았다.

안드리안은 더 묻고 싶은 것이 있었지만 키스톤의 의지를 존중하기로 했다. 그가 아니었다면 이곳에 있는 많은 사람이 죽었을 것이다. 곤 역시도 마찬가지였고. 나중에 뒤통수를 맞는다고 하더라도 지금은 믿을 수밖에 없었다.

또한 약장사로 위장을 하고 대륙을 떠돌아서인지 안드리안보다 길에 대해서는 훨씬 더 많이 알았다.

"제국의 추격이 더 이상 없을 것으로 판단되지만 그래도 만일에 사태에 대비를 해야 합니다."

"그거야 당연하죠."

에리카가 수긍했다. 그녀는 의식을 잃고 있는 곤에게 생체 리듬이 균일하게 돌아갈 수 있도록 끊임없이 '균형'이라는 버프를 걸어주었다.

신관의 버프는 손쉬워 보이는 인간의 능력 중에 하나였다. 하지만 버프란 고도의 정신 집중과 신성력이 합해져야만 발휘할 수가 있었다.

당연히 메이지가 사용할 수 있는 버프보다는 질적인 면에서 월등히 좋았다.

하지만 신관의 버프도 한계가 있었다. 마나의 양에도 한계가 있듯이.

에리카의 안색은 창백했다. 한 시간에 한 번씩 꼬박꼬박 버프를 걸어주고 있으니 그녀의 체력도 빠르게 떨어졌다. 그것은 대신관이라도 쉽게 하지 못할 정신적인, 체력적인 중노동이었다.

이러다가 에리카마저 쓰러질까 염려가 될 정도였다. 안드리안이 쉬면서 하라고 했지만 에리카는 고집스럽게 고개를 흔들었다.

"제가 버프를 걸어주지 않으면 곤은 깊은 나락에 빠지고 말 거예요. 지금 그가 느끼고 있는 것은 깊은 절망, 그리고 세상에 대한 분노입니다. 이 상태로 깨어나게 할 수 없어요. 최소한 마음의 안정을 줘야 합니다."

에리카의 말에 안드리안은 고개를 끄덕였다. 지금 상태에서 곤이 깨어난다면 그들로서는 감당하기 어려울 듯했다. 에리카의 말대로 최대한 마음의 안정을 되찾아서 깨어나는 것이 모두에게 이로웠다.

"하여 저희는 북쪽으로 올라갔으면 합니다."

키스톤이 말을 이었다.

"북쪽이요?"

"네."

"그곳은 어디죠?"

"광신의 도시 에덴."

"광신의 도시……."

에리카와 씽은 처음 들어보는 도시 이름에 고개를 갸웃거렸지만 안드리안은 인상을 찌푸렸다. 오랜 용병 생활을 하면서 그녀가 가장 많이 들은 도시의 이름은 '성도 카르텔', '광신의 도시 에덴' 그리고 '혐오의 도시 하이든' 이었다.

특히 광신의 도시 에덴은 현존하는 세상의 모든 것을 사고 팔 수 있는 곳으로 유명했다.

알코올에 넣어서 봉인된 유명한 시인의 뇌, 삼안족의 삼안, 이종족의 생식기, 역대 황제의 정액, 고대 마인의 자궁까지 상식으로 통하지 않는 물건들이 매매가 되었다.

암거래 시장이기에 매매되는 거래의 가격은 상상을 초월한다.

인구수가 적은 콘고 공화국의 지하경제를 뒷받침하는 곳이 바로 에덴 덕분이라는 것은 공공연한 비밀이었다.

"그곳에는 왜 가야 하죠?"

안면을 딱딱하게 굳힌 안드리안이 물었다. 솔직히 가장 가고 싶지 않은 곳 중에 하나였다.

"곤을 되살려야 하지 않겠습니까."

"무슨 의미인지 정확하게 얘기해 주세요."

"제가 알기론… 에덴은 대륙에서 가장 암거래가 활성화된 곳입니다. 수집에 미친 대귀족들에게는 그만한 곳이 없죠. 물론 매매량도 상상을 초월하고요."

"그래서요?"

"그곳이라면 곤을 깨울 수 있지 않을까요? 곤만 일어난다면 저희는 최단시간 내에 아슬란 왕국까지 도달할 수가 있습니다."

"아!"

그제야 안드리안은 손바닥을 탁 하고 쳤다. 그녀는 잠시 도주의 핵심을 잊고 있었다. 모두가 움직이는 이유는 곤을 살리기 위해서였지, 곤을 데리고 도망치기 위해서가 아니었다.

"에덴이라는 곳에 도착하면 형님을 살릴 수 있어?"

씽이 키스톤에게 물었다. 키스톤이 가장 불편해하는 사람을 꼽자면 단연 씽이었다. 그에게는 선악의 구별이 없었다. 있는 그대로 세상을 바라보지도 않았다.

그에게 선은 곤이었고 악은 곤과 대립하는 자들이었다. 씽이라면 이유 불문, 연약한 아이와 여자, 노인이라도 벨 수 있었다.

맹목적인 충성심.

하여 그런 씽이 키스톤은 불편했다.

"장담할 수 없소."

"아니, 장담해야만 돼."

씽은 서늘한 눈초리로 말했다.

"내가 왜?"

"당신 조직에서 우리 형님을 살리라고 했다면서. 죽으면 임무의 실패잖아."

"나는 최선을 다했소. 만약 곤이 죽으면 내 힘으로는 불가항력이란 소리외다."

"그래? 그렇담 죽어야지."

"뭐요?"

"형님이 죽으면 모두 죽일 거야. 이 사건에 연관된 모두를……"

씽의 눈빛에서 섬뜩한 광기가 휘몰아쳤다. 그의 말은 농담이 아니라는 것을 키스톤은 본능으로 느꼈다. 만약 곤이 죽으면 또다시 얼마나 많은 사람들이 죽을지 알 수 없었다.

곤이 살아난다고 하더라도 마찬가지겠지만.

"최선을 다하겠소."

"최선을 다하는 것으로 부족할 거야. 당신을 싫어하진 않지만 당신네 조직이 의심스러워. 만약 이렇게 일이 될 줄 알았다면 진작 형님을 살렸어야 했어. 마지막에 도움을 주고 고마움을 느끼게 하려고 했다면 크게 잘못 생각한 거야."

씽의 말에 키스톤은 온몸을 부르르 떨었다. 사실 그런 지시가 없었던 것은 아니었다.

―최후의, 최후의 순간에 그를 구하라.

그것 때문에 자크까지 희생되지 않았던가. 곤이 죽는다면 조직에 큰 풍파가 닥칠지도 몰랐다.

"살리겠소."

키스톤은 다시 말했다.

"그래, 그거야."

씽은 아름다운 은발을 쓸어 넘기며 잔혹한 미소를 지었다.

Chapter 4. 특이한 소년과의 만남

일명 광신의 도시.

많은 사람들에게 거대한 부를 안겨주기도 하고 어떤 사람에게는 지옥과 같은 고통을 남겨주기도 한다. 워낙 악명이 자자해 많은 사람들은 그곳에 대해서 이름만 들어도 눈살을 찌푸렸다. 그럼에도 일확천금을 노리는 수많은 사람이 모여드는 곳이기도 했다.

그렇기에 일행들이 생각하는 에덴은 타락했다. 옷을 벗은 여자들이 길을 나뒹굴고, 간음굴이 성하며, 모두가 마약에 취해 있고, 기괴한 몬스터와 괴물들이 가득한 곳.

그것이 바로 모두가 생각하는 에덴이었다.

한데 막상 에덴에 도착하고 나니 조금은 두려웠던 마음은 온데간데없이 사라지고 눈빛들만 초롱초롱 빛났다.

옷을 벗은 여자들은 없었다. 간음굴도 보이지 않았다. 마약에 취해 있는 사람도 지금까지 보지 못했다.

모두가 건강한 얼굴로 물건을 팔고 있었다. 여느 도시의 시장과 다를 바가 없었다.

"이게 뭐야?"

안드리안이 헛웃음을 터뜨렸다. 이곳에 도착할 때까지 괜한 긴장을 했던 자신이 부끄러웠다.

"그러게요. 별거 없네요."

계론이 말에서 내리며 말했다. 용병들도 말에서 내렸다. 보름이 넘는 시간 동안 하루도 쉬지 않고 말을 달렸으니 엉덩이에 욕창이 날 지경이었다. 루본스와 메테는 엉덩이에도 근육이 생겼다며 머리를 쥐어뜯었다.

"이곳에서 곤을 치료할 약을 사려면 어디로 가야 할까요?"

안드리안이 키스톤에게 물었다. 에덴에 대한 정보를 알고 있는 사람은 키스톤뿐이니 그에게 물을 수밖에 없었다. 워낙 험하다고 알려진 곳이니 아무리 겉으로는 평화롭다고 하더라도 마음을 놓을 수는 없었다.

"글쎄요. 일단 평범하게 가야 할 듯싶습니다. 먼저 짐을 풀고 저녁을 먹지요. 에리카 님의 안색도 좋지 않습니다."

모두가 에리카에게 고개를 돌렸다. 확실히 안색이 창백했다.

"저는 괜찮아요."

그녀는 힘겹게 말했다.

"전혀 괜찮지 않아 보여요. 키스톤의 말대로 하는 것이 좋겠어요."

안드리안의 말에 에리카는 작고 짧게 고개를 까닥였다. 사실 그녀는 서 있을 힘도 없었다.

그들은 마차와 말을 끌고 가까운 여관으로 향했다. 대륙에서 가장 유명한 도시답게 여관들도 큼직했다. 대부분이 3층 이상의 건물이었고 개중에는 대도시의 저택처럼 5층짜리 여관도 있었다. 술집 혹은 음식점을 겸한 여관들이었다.

딱 봐도 상당한 돈이 들어갈 것 같았다. 안드리안의 수중에 아직 꽤 많은 자금이 있었지만 성도에서 상당한 돈을 까먹었다.

먹여 살릴 입은 많은데 수입은 없으니 당연한 일이었다. 뮬란의 가문이 있는 곳까지 가기 전까지는 허리띠를 졸라매야 한다.

"와, 여기 좋네."

안드리안의 뒤에서 닉소스와 루본스가 연신 감탄사를 내

뱉었다.

당연한 말이지만 안드리안은 그곳에 갈 생각이 없었다. 딱 봐도 상당한 금액이 들어간다.

가장 좋은 여관을 지나치자 그보다는 못하지만 그래도 괜찮은 여관이 나왔다.

"와, 여기도 잘 만하네. 따뜻한 물도 주겠는걸?"

닉소스와 루본스가 계속해서 떠들어댔다.

역시 지나쳤다.

점점 여관의 레벨이 낮아졌다. 끝내는 가장 후미진 곳에 있는 여관 앞에 안드리안이 멈췄다.

금방이라도 무너질 것 같은 2층 건물.

"에이, 뭐야. 꼭 이런 데서 자야 돼? 이런 곳에서 자면 없던 성병도 걸리겠다."

루본스와 메테가 칭얼거렸다. 안드리안은 그들을 향해 고개를 홱 돌리고는 앙칼지게 소리쳤다.

"닥쳐, 너희 둘은 마구간에서 자."

여관은 겉에서 보는 것만큼이나 낙후했다. 안드리안과 용병들은 마차와 말을 마구간에 넣어두고는 곤을 조심스럽게 들어 여관 안으로 들어섰다.

신가하게도 여관 내부는 겉보기와는 상당히 달랐다. 천장도 상당히 높았고 탁자와 의자, 장식품들도 나쁘지 않은 축에 속했다.

머리가 반쯤 벗어지고 본래 색이 어떤지 알 수 없는 상의를 입고 있는 중년의 남자가 불친절하게 그들을 맞이했다.

"어서 오슈. 자고 갈 거유, 식사만 하고 갈 거유?"

그렇지 않아도 인상이 좋지 않은데 말투까지 저러자 여관에서 자고 싶은 생각이 싹 사라지는 안드리안이었다.

그러나 '더 이상 돈을 쓰면 안 돼. 그럼 넌 독박이야'라며 이성이 억지로 웃음을 짓게 만들었다.

"뭐요, 그렇게 멀뚱하게 서 있지 말고 들어오려면 어서 들어오슈."

여관 주인이 말했다. 말을 할 때마다 시커멓게 죽은 이빨이 훤히 보였다. 차마 같이 얼굴을 마주 보고 말을 하고 싶지 않았다.

"아이씨, 이 양반 손님들에게 친절하게 말하라고 그렇게 말했건만."

갑자기 나타난 중년의 여인이 거칠게 사내의 귓불을 잡아당겼다. 기세당당하던 사내는 고양이 앞의 쥐가 되어 '여봉 ~ 아파 아파, 제발 놔줘'라며 배를 드러낸 개처럼 굴었다.

"들어가서 음식이나 해봐."

중년의 여인은 사내의 엉덩이를 한 손으로 꽉 잡았다. 여관 주인은 '오옷, 자기 너무 좋아' 라는 괴기한 신음을 흘린 후 눈동자가 동그랗게 변해서 부엌으로 향했다.

1층에서 식사를 하던 몇몇 사람이 그런 부부의 특이한 행동에 낄낄거리며 웃었다.

안드리안은 그런 남녀를 멍하니 바라보았다.

"아, 죄송합니다, 손님. 저는 이 여관의 주인인 아미스라고 합니다. 몇 분이 묵으실 거죠? 참고로 얘기하자면 저희는 1+1 행사를 하고 있습니다."

아미스라고 자신을 밝힌 중년 여인은 상당히 아름다웠다. 말을 할 때마다 눈매가 반달로 변해서 귀여운 상이랄까. 일을 하기 쉽게 머리를 묶어 뒷머리를 올렸다. 머리가 흘러내리지 않게 아무렇게나 나뭇가지를 꽂았지만 그것이 성격을 대변하는 듯했다.

만약 눈가에서 세월의 흐름을 발견하지 못했다면 20대 중후반이라고 해도 믿었을 것이다.

"1+1이요?"

아미스가 무슨 말을 하는지 몰라서 안드리안은 고개를 갸웃거렸다.

"네, 한 분이 다른 친구분을 데려오시면 한 명 치 요금만 받겠다는 거죠."

"그럼 열 명이면 다섯 명의 요금만?"

"네, 정확하게 이해하셨습니다. 얼굴도 예쁘시면서 이해력도 좋으시네요."

아미스가 손가락에서 딱 소리를 내며 밝게 말했다.

선천적으로 밝은 기운이 있는 여인 같았다. 안드리안은 빙그레 미소를 지으며 말했다.

"저희는 모두 22명입니다. 환자가 한 명 있으니 깨끗한 방을 주셨으면 해요."

"오, 22명이나요. 손님들께서는 운이 좋네요. 아주 마침, 깨끗하고 넓은 방이 하나 나왔습니다."

참으로 수완이 좋은 여자였다. 같은 말을 해도 기분 좋게 한다. 겉으로 보기에는 낙후된 여관이지만 저 여인의 장사 수완 덕분에 지금껏 유지되고 있는 듯했다.

"아참 그리고 '너도나도 2+1' 서비스는 어떠신가요?"

"너도나도 2+1 서비스는 또 뭐죠?"

"두 명이 식사를 하시면 밀주 한 병을 공짜로 드린다는 말씀."

"우오오오, 술!!"

술이란 말이 나오자 용병들의 입에서 침이 줄줄 흘렀다. 용병들은 애주가가 많았다. 목숨을 파는 대가로 돈을 받기에 멀쩡하게 잠을 잘 수 있는 인물이 극히 드물었다. 당장 내일 전쟁터에서 목숨을 잃는데 편안하게 누워서 잠만 잘 수는 없는 것이다.

하나 용병들은 곤과 안드리안을 만나고 난 후 거의 술을 입에 대지 못했다. 특히, 산적들을 구해주고 술에 취했을 때 한번 사로잡히고는 그 후로 술을 마음껏 마실 생각도 하지 못했다.

하지만 그들의 인내력도 바닥을 치고 있었다. 게론처럼 나이가 있는 용병들은 자신도 모르게 '하아, 술 딱 한 잔만 했으면 좋겠다' 라는 말을 입에 달고 살았다.

그리고 그들의 바람이 이뤄질지도 몰랐다. 2명이 식사를 하면 밀주 한 병이라니……. 비록 가장 싸구려 술이기는 해도 그게 어디냐.

그런 용병들을 보며 안드리안은 히죽 웃고 말았다. 얼마나 술을 마시고 싶었으면.

"좋아요. 너도나도 2+1 패키지를 이용하도록 할게요."

"예이, 탁월한 선택을 하셨습니다. 자, 방을 안내해 줄게요."

아미스는 노래를 흥얼거리며 용병들에게 방을 보여주었다. 남자들이 한꺼번에 모두 사용할 수 있는 넓은 방과 여자들이 따로 사용할 수 있는 작은 방, 곤을 눕힐 수 있는 조용하고 깨끗한 방, 이렇게 세 곳이었다.

가격에 비해서, 낙후된 겉모습에 비해서 무척이나 세련되고 깔끔한 방이었다.

안드리안은 무척이나 흡족했다.

무엇보다도 놀랐던 것은 방의 천장마다 달려 있는 야광석 때문이었다. 야광석은 밤에도 빛을 낼 수 있는 돌이다. 돌이 깨지지 않는 한 영구적으로 빛을 내기에 주먹만 한 야광석의 가격은 무척이나 고가였다.

그런 야광석이 방마다 하나씩 달려 있는 것이다. 빛이 약해 방 전체를 밝힐 수는 없었지만 움직임에는 큰 불편함이 없었다.

"아니, 무슨 여관에 야광석이. 이거 배보다 배꼽이 더 큰 거 아닌가요?"

궁금증을 참지 못하고 안드리안이 물었다.

"아, 저거요? 짜가예요, 짜가. 돈으로 치면 20브론즈밖에 되지 않아요."

"에엑? 그게 무슨."

안드리안과 용병들이 동시에 얼빠진 소리를 냈다. 야광석이 20브론즈라니. 시장에서 거래되는 가격의 50분의 1밖에 되지 않았다. 믿을 수 없을 만큼 싼 가격이었다.

"저희 가게에 종종 오시는 몬스터 신체 수집가가 계신데요, 그분이 이곳에서 묵을 때마다 저렇게 특이한 물건들을 하나씩 주고 가시네요. 그렇지, 아네? 이 아이도 그분께서 맡기

신 거구요."

"켈켈켈, 그렇습니다, 주인마님. 저의 마스터는 딸꾹, 신기한 것을 좋아하지요."

아미스의 말에 한 기괴한 생명체가 용병들이 쓸 수건과 물을 가지고 방 안으로 들어왔다.

마치 온몸을 뜯었다 다시 붙인 듯한 느낌을 주는 아이? 아니, 몬스터인가? 하여튼 기괴했다.

코가 크고 눈동자가 붉었으며 키가 작았다. 약 130센티 정도밖에 되지 않으니 작은 편이다. 하나 작은 키에 비해서 양 팔뚝과 다리는 비정상적으로 두꺼웠다. 머리카락은 하늘을 향해서 아무렇게나 삐죽삐죽 섰다.

"뭐, 뭡니까 저건?"

생전 처음 보는 기이한 생명체를 향해 게론이 손가락으로 가리키며 말했다.

"이거라니. 나, 아네가 엄연히 앞에 있는데. 이건 실례잖아. 켈켈켈, 무식한 용병 나부랭이 같으니."

아네라고 말한 이상한 생명체는 게론에게 혀를 차며 맞는 말을 쏟아냈다. 게론은 마땅히 대답할 말이 없었다.

아미스는 아네라고 불린 괴상한 아이의 머리를 쓰다듬어 주며 말했다.

"그분께서 주신 아이예요. 여러 생명체가 합쳐졌다고 하는

데… 그것까지는 잘 모르겠네요."

"키, 키메라?"

그제야 그곳에 있던 모든 사람이 아미스가 한 말을 알아들었다.

특히 놀란 것은 에리카였다. 그녀는 아미스에게 허락을 구한 후 아네와 눈을 마주쳤다.

"이 여자가 왜 이래."

아네가 몸부림을 쳤다.

"잠시만요. 아주 잠시면 돼요."

아네와 눈동자를 접한 순간 에리카는 엉덩방아를 찧고 말았다.

"마, 말도 안 돼."

"왜 그러십니까?"

키스톤과 슈테이가 다가와 엉덩방아를 찧은 에리카를 일으켜 주었다. 가장 신앙심이 깊은 그들은 에리카의 몸종이 되기를 서슴지 않았다.

"이건 있을 수 없는 일이야."

에리카는 머리를 흔들었다.

지금까지 어떤 상황에서도 냉정을 유지하던 그녀였다. 함부로 무너지는 적도 없었다. 언제나 이성을 유지하며 상황을 살폈다. 그런 에리카가 무척이나 당황하고 있었다.

"도대체 왜 그러세요?"

안드리안이 물었다.

"저 아이."

에리카는 아네를 가리켰다. 아네는 뭐? 나? 라는 입술모양을 만들며 자신을 손가락으로 가리켰다. 그의 손가락은 세 개밖에 없었다. 그중에 가운데 손가락으로 자신을 가리키자 뭔가 욕 같았지만 따지기도 애매했다.

"네, 저 아이 뭐요?"

"저 아이는 키메랍니다."

키메라―

일명 합성괴수를 뜻한다.

키메라의 기원은 어디서부터인지 명확하지 않았다. 고서에 적힌 연도도 가지각색이었다. 고대 왕국에서 나타났다는 말도 있었고 천공의 도시에서 처음으로 발견이 되었다는 내용도 있었다.

훗날 키메라는 전략적 특수 무기로 활용되기에 이르렀다.

하지만 모든 키메라의 공통된 특징은 입력된 명령 몇 가지 외에는 다른 일을 하지 못한다는 것이다. 즉, 누구를 공격해라, 무엇을 부숴라 등 간단한 입력 외에는 큰 메리트가 없었다.

그럼에도 키메라가 자주 사용되는 것은 활용도가 상당하

기 때문이었다. 막말로 인간형 키메라를 만들어 상대편 적과 폭사시킬 수도 있는 일이었다.

이유는 그들에게 영혼이 없기 때문이었다. 어떤 위대한 마법사도, 대신관도, 마스터도, 현자도 영혼을 창조하는 방법만은 알지 못했다.

그러나…….

지금 상식이 파괴되었다.

분명 키메라를 움직이는 것은 자유의지. 놀랍게도 창조된 영혼이었다.

이것은 말도 안 된다. 어찌, 어찌 인간이 신의 영역을 침범할 수가 있단 말인가. 아니, 영혼을 창조했다면 인간임을 벗어난 존재였다.

에리카는 손이 벌벌 떨렸다. 그녀의 신앙이 송두리째 날아갈 것만 같았다.

"도, 도대체 누가 저 아이를 만들었죠?"

에리카는 아미스를 보며 물었다. 종종 봐왔던 일인지 아미스는 크게 동요하지 않았다. 그녀는 어깨를 으쓱거리며 말했다.

"궁금하시면 직접 물어보세요."

"그게 무슨 말인지."

"오늘 온다고 전갈이 왔거든요. 그래서 저희 남편이 새벽부터 요리를 준비하고 있어요. 아침잠이 많아도 그분이 온다고 하면 어쩔 수 없죠."

"키메라를 만든 사람이 온다고요?"

"네."

"꼭, 꼭 만나게 해주세요."

"알았어요. 일단 씻고 식사부터 하세요. 그분이 오면 제가 말씀을 드릴게요. 아참, 내 정신 좀 봐. 욕실이 어딘지 가르쳐 주지도 않았네. 아네, 너는 각 방에 물과 수건을 가져다 드렸으면, 바닥을 물걸레로 깨끗하게 닦아."

"켈켈켈, 주인마님, 위대한 아네를 마음껏 부려먹는군. 실컷 부려먹도록 해. 내가 이 세계를 지배하는 날까지."

아네는 탁자 위에 수건과 물을 놔두고는 방을 나갔다.

"아이는 착한데… 조금 정신이 이상해요. 딴 세상을 꿈꾸는 것처럼. 모두 짐을 바닥에 놔두고 저를 따라오세요. 욕실이 어딘지 가르쳐 드릴게요."

아미스는 용병들을 데리고 2층 구석에 있는 욕실로 데려갔다. 그곳 역시 모조품 야광석이 은은하게 빛을 내고 있었다.

"자, 이곳이 욕실이에요."

여느 욕실과는 다른 모습이었다. 어느 곳에서도 물은 보이지 않았다. 다만 야광석 옆에 정체를 알 수 없는 구멍이 뚫려 있었을 뿐이었다.

"자, 여기 볼밸브가 보이시죠?"

용병들은 흥미로운 눈빛으로 아미스가 가리킨 볼밸브를 유심히 바라보았다.

아미스는 볼밸브를 돌렸다.

쏴아아아.

그러자 야광석 옆에 뚫려 있던 작은 구멍에서 물이 쏟아졌다. 사실 천장에서 물이 나오는 것은 신기한 일이 아니었다. 귀족이나 왕족들도 마법 아이템을 이용하여 이런 식으로 목욕을 쉽게 한다는 공공연한 소문이 있었기 때문이었다.

즉, 돈이 많은 놈들은 그 비싼 마법 아이템을 씻는 데 사용한다는 것이다.

그러나 용병들은 더욱 신기한 것을 목격했다.

"저, 저게 뭐야."

천장에서 떨어지는 물에서 흰 수증기가 피어오르는 것이다.

그 말은 즉—

온수.

게론이 다가가 떨어지는 물에 손을 넣었다. 따뜻한 물방울이 손바닥에서 타닥타닥 튀었다. 분명 그의 손에서 느껴지는 것은 따뜻한 물이었다. 뜨겁지도 그렇다고 미지근하지도 않은 목욕하기에 딱 좋은 적절한 온도였다.

"다, 단장님. 정말로 온수입니다."

게론은 안드리안을 보며 말했다.

그의 말에 안드리안은 안색이 굳어졌다.

아주 우연히, 돈을 아끼기 위해서 허름한 여관에 자리를 잡은 것뿐인데 예상보다 훨씬 좋은 시설을 갖추고 있었다.

아니, 솔직히 말하면 여관 자체가 뭔가 기묘했다. 그것을 정확하게 꼬집어 말을 할 수가 없었다.

안드리안과 에리카가 앞으로 다가가 손을 내밀었다. 게론의 말대로 그녀들의 손바닥 위로는 따뜻한 물이 떨어지고 있었다.

"도대체 어떻게?"

믿을 수 없다는 표정을 지으며 에리카가 물었다.

"음, 저도 자세한 내용은 모른답니다. 그저 그분께서 아주 쉽게 만들었다는 것만 알고 있네요."

에리카는 상대가 누구인지 무척이나 궁금했다. 영혼을 만들 수 있는 연금술사라면 대륙을 통틀어도 열 손가락 안에 드는 현명한 자일 것이다.

어쩌면 대륙 역사상 최고의 메이지를 만나게 될지도 몰랐다.

"정말 꼭 만나고 싶네요."

"후후, 조금 있으면 오실 거예요. 종종 이 물건들의 가치를 알아보고 그분을 뵙고 싶어 하는 분들이 있죠."

에리카와 안드리안을 비롯한 모든 사람이 고개를 끄덕였다. 대부분이 신기하거나 돈을 많이 들인 여관이라고 생각할지 모르지만 무사나 메이지라면 이곳의 특별함을 능히 짐작할 수가 있었다.

당연히 이것을 만든 사람에 대해서도 궁금해할 것이고.

"그런데… 모두들 그분을 두 번 볼 생각을 하지 않았어요."

"왜요? 그렇게 무서운 분인가요?"

"음, 그건 아닌데. 조금 괴팍하다고나 할까. 하여간 좀처럼 볼 수 없는 사람이에요."

안드리안과 용병들은 거친 인생을 살아왔다. 괴팍한 정도의 사람은 얼마든지 만나봤다. '까짓것, 그 사람이 괴팍하면 얼마나 괴팍하다고' 라는 생각을 했다.

"괜찮습니다. 만나서 식사라도 한 끼 대접하면서 고인의 고명한 지혜를 듣고 싶습니다."

"고인? 고명한 지혜? 후후후, 후회나 안 했으면 좋겠네요. 일단 씻고 내려와서 식사하세요. 아, 아직 계산을 하지 않으셨으니 돈부터 내시고요."

아미스는 알 수 없는 묘한 미소를 짓고는 1층으로 내려갔다.

*　　*　　*

뜨거운 물로 목욕이라.

생각지도 못한 호사로움을 느낀 용병들은 1층으로 내려와 아미스의 남편인 홀리맨이 차려준 음식을 먹었다.

"오오, 이거 정말 맛있는데."

용병들이 탄성을 내질렀다. 아네라는 키메라가 가져온 음식은 간단했다. 감자를 으깨서 여러 야채를 볶고 소스를 뿌린 것. 그리고 소스에 찍어 먹는 밀로 만든 딱딱한 빵이었다.

여느 저렴한 식당에서 볼 수 있는 간소한 음식이었다. 다른 것이 있다면 바로 놀랄 정도로 감칠맛이 도는 맛이었다.

밀주 또한 대단히 깔끔했다. 가장 싸구려 술인 밀주는 뒷맛이 텁텁하고 숙취가 강했다. 하나 그들이 마시는 밀주는 와인을 마시는 것처럼 부드럽게 목구멍에 넘어갔다.

"켈켈켈, 맛있지? 내 전 주인도 이 맛에 감탄하여 이곳을 종종 찾지. 둘이 먹다가 하나가 죽어도 모를 것 같지? 그럼 감사의 의미로 하나가 죽어. 그럼 더욱더 음식에 대한 소문이 널리 퍼져 나갈 테니까."

음식에 대한 자부심이 대단한 아네였다. 그는 접시를 나르며 용병들을 향해 헛웃음이 나오는 말을 연신 내뱉었다.

"도대체 무슨 재료를 썼기에……. 정말 맛있네요."

안드리안은 감탄사를 내뱉으며 아미스에게 말했다. 그녀는 싱그럽게 방긋 웃었다.

"예전 주인님도 즐겨 먹던 음식이에요. 대귀족이었지만 입맛은 무척이나 소탈했거든요."

대귀족이 이런 음식을 먹었다고?

안드리안은 고개를 갸웃거렸다. 그녀가 아는 한에서는 서민들이 먹는 음식을 좋아하는 대귀족이란 있을 수가 없었다. 모두는 아닐지라도 대부분은 허례허식이 가득한 자들이 귀족이니까. 특히 대귀족이라면 남에게 보이기 위한 것을 무척이나 중요하게 여긴다.

"그런 분이 계세요."

안드리안이 무슨 생각을 하는지 눈치챈 아미스는 말을 이었다.

"그런데 꽤 사람이 많네요."

안드리안은 주위를 돌아보며 말했다. 그녀의 말대로 저녁 시간이 되자 한두 명씩 들어오더니 지금은 모든 탁자를 꽉 채웠다. 처음 보는 일행과 합류해서 음식을 먹는 사람들도 있었다.

"이렇게 허름한 여관이 운영되는 이유는 다 있어요. 바로—"

"켈켈켈, 음식 맛 때문이지."

아네가 덧붙였다.

"그렇겠네요."

안드리안과 용병들은 고개를 끄덕였다.

"조금 더 먹어도 되나요?"

용병들을 대신해 게론이 물었다. 모두가 안드리안의 눈치를 보고 있었다.

안드리안은 절로 웃음이 나왔다. 그동안 고생을 했으니 한 번쯤은 실컷 먹게 해도 괜찮겠다는 생각이 들었다. 더군다나 무슨 행사인지 뭔지를 해서 음식값도 그리 비싼 것이 아니었다.

"그래."

안드리안의 허락이 떨어졌다.

"야호!"

신이 난 용병들은 음식을 더 시켰고, 아네는 '돼지들, 귀한 음식을 맛만 봤으면 됐지, 더 처먹고 지랄이야'라는 말로 불평을 터뜨렸다.

처음에는 듣기가 거북했지만 지금은 어느 정도 익숙해졌다. 용병들은 싱긋 웃고는 술과 음식을 마음껏 먹고 즐겼다.

한창 술자리가 무르익었을 무렵.

십여 명의 무장한 사람들이 여관 문을 박차고 들어왔다. 얼마나 세게 찼는지 여관 문은 반쪽이 나서 부러지고 말았다.

"에고고, 수리한 지 얼마 되지 않았는데 또 망가뜨리네."

아미스가 혀를 찼다.

식당 안에 있던 모든 사람이 고개를 돌려 부서진 문이 있는 방향을 바라봤다.

끝 부분이 방사형으로 여러 개의 가시가 박힌 스파이크드 클럽, 머리 부분은 공 모양이나 타원형이고 여러 개의 가시가 방사형으로 돌출되어 있는 모르켄슈테른을 든 자들이 서 있었다.

무척이나 무시무시한 무기를 든 것치고는 방어구가 취약했다. 아니, 대체로 착용하지 않았다는 말이 옳을 것이다.

하나같이 얼굴들은 험악했고, 눈동자에서는 살기가 감돌았다.

"제, 젠다르 패거리다."

음식점 손님들 중에서 누군가 낮게 중얼거렸다. 음성에서 느껴지는 분위기는 '똥 밟았다' 였다.

"당신들 또 왔어? 이젠 지겹다. 그만 좀 와라."

부서진 문을 일으켜 세우며 아미스가 말했다.

"뭐시라! 이 빌어 처먹을 년! 우리가 당하고서 물러날 줄 알았냐! 이, 씨불년아!"

스킨헤드의 머리를 한 험상궂은 사내가 앞으로 나서며 말했다. 그는 금방이라도 아미스를 향해 모르켄슈테른을 휘두를 것처럼 행동했다.

"야, 이 새끼들아. 아무리 못 배웠다고 해도 말끝마다 욕이냐. 니네 부모님이 그렇게 가르치던?"

아미스는 조금도 겁을 먹지 않았다. 그녀는 양쪽 허리에 두 손을 대고는 목을 꼿꼿하게 들었다.

"이런 쓰불년이 도대체 뭐라고 개소리를 하는 거야."

분위기는 점점 험악하게 변해갔다.

안드리안은 탁자 밑에 고개를 숙이고 숨은 아네를 불렀다. 아네가 고개를 빼꼼히 내밀며 무슨 일이냐는 표정으로 바라봤다.

"저 사람들 뭐야?"

안드리안은 작은 목소리로 물었다.

"젠다르 패거리다."

"젠다르 패거리가 뭐하는 놈들인데?"

"보면 모르냐? 시비 거는 놈들이다."

아네와의 대화에서 조금 답답함을 느끼는 안드리안이었다. 지능이 떨어지는 아이와 대화를 하는 느낌이랄까.

"그러니까 시비를 왜 거는데?"

"홀리맨의 레시피를 내놓으라고 한다. 이곳 때문에 저들이 운영하는 음식점들이 장사가 안된다고."

"흠."

안드리안은 고개를 끄덕였다. 그녀는 입이 고급이 아니다. 워낙 힘들게 살아왔기에 음식의 맛을 음미할 여유 따위는 없었다. 음식을 먹을 수 있는 것만으로도 행복한 것이다.

그러나 이곳에서 먹은 음식의 맛이 얼마나 대단한지 정도는 알 수 있었다.

저렴한 가격, 많은 양, 궁궐에서나 맛볼 수 있는 독특한 맛. 이 정도라면 다른 음식점의 판매에 충분히 영향을 준다. 하지만 이토록 막무가내로 찾아와 레시피를 내놓으라고 해서는 안 된다.

안드리안이 자리에서 일어나려고 했다. 그녀를 따라 용병들도 의자에서 엉덩이를 뗐다.

"헤이헤이, 어이구, 겨우 용병 나부랭이들이 뭐 어쩌려고. 그냥 가만히 앉아 있기나 해. 홀리맨이 처리할 테니까."

가만히 듣고 있자니 펑펑의 또 다른 버전을 보는 듯했다.

"요리사 아저씨가?"

"끼룩끼룩. 그래, 홀리맨이라면 혼자서도 충분해."

인공 생명이니 거짓말을 하지 않을 것이다. 의아함을 느낀 안드리안은 건달들과 맞서고 있는 아미스에게 고개를 돌렸다.

"이년이 죽음을 버는구나."

사내는 모르켄슈테른을 아미스에게 휘둘렀다. 스치면 중

상, 제대로 맞으면 사망이다. 식당 안에 있던 사람들이 질끈 눈을 감았다.

반면 아미스는 모르켄슈테른이 머리 위로 떨어질 때까지 눈 하나 깜짝하지 않았다. 대단한 담력을 지닌 여인이 아닐 수 없었다.

펑!

순간 강렬한 타격음이 터졌다. 모르켄슈테른을 휘두르던 사내가 튕겨 나가 벽면에 부딪쳤다. 나무로 만든 벽면이 움푹 꺼지며 바깥쪽으로 휘었다.

"이런 씨부랄 것들. 감히 내 마누라한테 뭐하는 짓이여!"

아미스의 남편인 홀리맨이 나타나 식칼을 휘두른 것이다. 팔뚝 크기의 작은 식칼이 흉악한 무기인 모르켄슈테른을 튕겨낼 줄은 아무도 예상하지 못했는지 모두가 눈을 동그랗게 떴다.

홀리맨은 식당 안에 있는 사람들에게 말했다.

"손님들, 보다시피 지금은 밥을 먹을 때가 아닌가 보오. 밥값은 안 받을 테니 속히 이곳을 나가시오. 밥값은……."

홀리맨은 고개를 돌려 젠다르 패거리라 불린 사내들을 매섭게 바라봤다.

"저놈들한테 받을 테니까."

그는 들고 있던 식칼에서 은은한 광택이 휘돌았다. 그것은 조금씩 선명하게 빛을 냈다.

"오, 오러다."

3조의 조장 에릭이 감탄사를 내뱉었다. 용병들의 실력은 일취월장하여 무기에 마나를 담을 수 있는 경지까지 올랐다. 약하게나마, 단시간이나마 오러와 비슷한 흉내는 낼 수 있는 것이다.

하지만 그들이 보고 있는 것은 확연한 오러였다.

이런 허름한 집에 요리사가 검, 아니, 식칼에 오러를 담을 줄은 누구도 예상하지 못했다.

식당 안에 있던 사람들이 여관 밖으로 우루루 몰려 나갔다. 몇몇은 호기심이 가득한 눈으로 식당 안에 남아 있고 싶어 했지만 일행들이 그들을 잡고 밖으로 끄집어냈다. 좁은 장소에서 오러에 휘말리면 뼈도 추리지 못한다. 괜한 호기심으로 목숨을 단축할 수는 없었다.

오러는 본 젠다르 패거리들이 주춤주춤 물러났다.

그들을 본 홀리맨이 누런 이를 드러내며 씨익 하고 웃었다. 항상 똑같은 패턴이었다. 젠다르 패거리가 몰려오고 홀리맨이 두들겨 패서 내쫓는다. 다른 점이 있다면 매번 몰려올 때마다 패거리의 숫자가 느는 것이다.

하지만 오러를 다룰 줄 아는 실력자에게는 건달들의 머릿수가 아무리 많아도 소용이 없었다.

"흥, 제법 실력이 있는 놈이다만 이번에는 어림없다. 레시피를 내놓지 않으면 죽음만이 너를 반기리라!"

금발의 머리카락이 이리저리 꼬이고 부리부리한 눈을 가진 젠다르가 홀리맨을 향해서 소리쳤다.

"그 소리도 지겹다. 어째 매번 올 때마다 같은 소리냐."

홀리맨은 콧방귀를 끼었다.

"이익, 이번에는 진짜다. 결코 용서치 않으리라."

"누가 악당 아니랄까 봐 같은 소리를 토씨 하나 틀리지 않고 반복하냐."

홀리맨은 못 말리겠다는 듯이 고개를 좌우로 흔들었다.

"그런가. 하지만 이번에는 좀 다를 거야."

젠다르 패거리의 뒤쪽, 문밖에서 거칠고 낮은 음성이 들렸다.

젠다르 패거리가 양옆으로 쫙 갈라졌다. 그 사이로 족히 2미터는 넘을 듯한 거구의 사내가 천천히 걸어 들어왔다.

가벼운 경갑을 입었고 검은색의 헬름을 쓰고 있었다. 헬름 사이로 날카로운 눈동자가 번쩍였다. 그의 눈동자는 거만하게 식당 안을 훑었다. 자신이 가장 강하다는 자만감이 깔려 있는 눈빛이었다. 문 바깥에서 세차게 분 바람으로 그의 찢어진 망토가 펄럭거렸다.

겉으로 보기에는 분명 기사였다. 하지만 들고 있는 무기는 결코 기사가 아니라는 것을 가리키고 있었다.

배틀스태프.

"우, 워록이다."

전투메이지 워록이 시시한 건달들과의 세력 다툼에 모습을 드러낸 것이다.

"아스 형님, 오셨습니까."

젠다르가 워록에게 90도로 허리를 굽혔다.

워록, 아스라고 불린 사내가 짧게 고개를 끄덕였다. 사실 이곳까지 불려 나온 그는 불만이 많았다. 만약 젠다르의 친형이 그와 친우만 아니었다면 이런 곳에서 실력을 발휘하는 일 따위는 죽었다 깨어나도 없었을 것이다.

"저것만 처리하면 되느냐?"

"그렇습니다. 아참, 그리고 죽이시면 안 됩니다. 꼭 알아내야 할 것이 있거든요."

알아내야 할 것이란, 홀리맨이 가진 수많은 요리들의 레시피일 것이다.

아무리 오러를 사용할 수 있는 홀리맨이라고 하더라도, 그는 은퇴한 지 10년이 넘었다. 현직에 있는 전투메이지 워록을 상대할 수는 없었다.

기사와 메이지의 중간 형태인 워록은 원거리에서도 근접전에서도 막강한 위력을 발휘했다. 워록에게 멋모르고 덤볐

다가 코앞에서 마법에 불타오르는 일이 다반사였다.

홀리맨은 한 발 뒤로 물러나며 말했다.

"여보, 남은 손님들 모시고 밖으로 나가."

아미스는 잠자코 고개를 끄덕였다. 벌써 20년 이상은 한 이불 덮고 산 사이였다. 남편이 얼마나 긴장을 하고 있는지 옆모습을 보는 순간 알았다.

"우리도 돕겠어요."

안드리안이 말했다.

"아니에요. 여관 일은 저희가 알아서 처리합니다. 손님들에게 폐를 끼칠 수는 없어요."

아미스는 딱 잘라 거절했다.

"부군이 위험합니다."

전투메이지 워록에서 풍기는 분위기가 무척이나 위험했다. 물론 자신과 씽이 있는 이상 워록에게 질 것이라고는 생각하지 않는다.

하지만 만약의 사태라는 것이 언제나 존재한다. 만일의 사태에 대비하는 것은 반드시 필요했다.

그럼에도 아미스는 고개를 흔들었다.

"비록 은퇴를 했다고는 하지만 저희 남편은 긍지 높은 기사였습니다. 끼어드는 것은 그의 자존심이 용납하지 않을 겁니다."

"후, 그러시다면 어쩔 수 없지요. 그러나 저희는 이곳에 남겠습니다."

"위험합니다."

"감수하겠습니다."

굳이 위험한 이곳에 남아 있겠다고 말하는 안드리안을 보며 아미스는 이해할 수 없다는 표정을 지었다. 어찌 되었든 가장 소중한 것은 자신의 목숨이 아니던가.

"클클클, 살 수 있는 시간을 주었더니 굳이 죽음을 벌주로 마시는구나. 파이어 붐."

배틀 스태프를 손에 쥔 채 다른 손으로 마법을 캐스팅하는 워록이었다. 그의 손바닥에 머리통 크기의 둥근 구체가 생성되었다. 둥근 구체는 불길에 활활 타올랐다. 가볍게 보이지만 파괴력은 만만치 않을 것이다.

"모두 뒤로 빠져!"

홀리맨이 소리치며 있는 힘껏 마나를 끌어모았다. 그가 들고 있던 식칼의 오러가 더욱 선명하게 빛을 냈다. 지금 들고 있는 것이 식칼이 아닌 검이었다면 훨씬 큰 위력을 발휘할 테지만 이미 늦었다. 미치지 않은 이상 워록이 검을 가지고 올 때까지 기다려 주지는 않을 테니까.

안드리안과 용병들도 만약을 대비해 검에 손을 가져다 댔다.

"어리석은 놈들."

워록이 홀리맨을 향해 파이어 붐을 날리려고 할 때였다.

덥석.

뭔가가 갑자기 문 안으로 들어와 워록의 상체를 잡아먹어 버렸다.

아니, 문을 부수고 들어왔다는 말이 정확할 것이다. 거대한 그것은 삼킨 워록을 우물우물 씹고 있었다.

엄청난 신장이었다. 적어도 3미터 이상. 오피는쿠스의 독수리 머리, 흔들거리는 뱀의 꼬리, 와이번의 날개가 등 뒤에서 접혀 있었다.

강철과 같은 단단한 근육의 푸른색 피부.

아무리 봐도 이런 생명체는 대륙에서 존재하지 않았다.

"야이, 돌돌이 이 새끼. 또 불량 식품 먹지!"

대략 10세 정도나 될까.

두 눈이 크고 무척이나 귀엽게 보이는 소년이었다. 소년은 붕 뛰어올라 들고 있던 스태프로 괴물의 머리를 강하게 후려 쳤다.

"끼이익(이씨, 왜 또 때리고 지랄이야. 먹는 것도 내 마음대로 못하냐)."

"지랄? 지금 지랄이라고 그랬냐."

소년은 괴물의 머리통을 스태프로 연신 가격했다. 얼마나 세게 내려치는지 안드리안과 용병들은 흠칫흠칫 놀랄 정도였다.

"끼기기기(알았어. 알았다고. 안 먹으면 될 거 아냐. 그만 좀 때리라고)."

괴물은 워록을 뱉어버렸다. 이미 상체가 반으로 잘린 워록의 시체가 바닥에 떨어졌다. 괴물은 재빨리 워록의 상체를 목구멍으로 삼켰다.

"이 새끼, 돌돌이. 너 죽었어! 내가 그토록 불량 식품 먹지 말라고 했더니."

소년은 스태프를 머리위로 들어올렸다. 소년의 스태프의 강렬한 빛이 뿜어졌다. 놀란 괴물이 거대한 몸집을 움직여 도망가 버렸다.

소년은 괴물을 쫓아 여관 밖으로 나갔다.

"너 이 새끼, 돌아오기만 해봐. 머리통을 엘리게이터로 바꿔 낄 거야!"

소년의 외치는 소리가 여관 안까지 들렸다.

갑작스러운 상황.

모두가 멍한 눈으로 사라진 거대한 괴물과 소년의 뒷모습을 바라보았다.

"서, 설마. 오신다는 그분이?"

에리카가 아미스를 보며 물었다.

"네에⋯⋯."

아미스는 창피하다는 듯이 에리카의 눈길을 피하며 대답
했다.

Chapter 5. 전설의 시작

젠다르 패거리는 죽은 워록을 데리고 곧바로 사라졌다.

이후 한바탕 파티가 벌어졌다. 안드리안과 용병들은 굳이 그들의 파티에 낄 생각이 없었다. 곤이 사경을 헤매는 상태에서 자신들끼리 마시고 즐기기에는 미안한 감이 없지 않았다. 하여 그들은 아미스와 홀리맨에게 기회가 있으면 다음에 마시겠다고 말했다.

하지만 아미스의 한마디에 그들은 생각을 접고 말았다.

'환자분을 살릴 수 있을지도 몰라요. 이분들은 모험가. 세상에

가보지 않은 곳이 없죠. 그만큼 많은 지식이 있어요.'

곤을 깨어나게 할 수 있다.

모두가 가장 바라는 일이다.

에리카와 씽이 벌떡 일어나 음식을 나르는 아미스를 도왔다.

파티 장소는 여관의 뒷마당이다. 마당 중심에 장작불을 피우고 그 위에 통통한 새끼 돼지 한 마리를 구웠다. 그 외에도 많은 음식이 긴 탁자에 올려졌다.

작정을 했는지 흘리맨은 아예 가게 문을 닫아버리고 본격적으로 음식을 시작했다.

에리카와 안드리안, 씽은 정면에서 게걸스럽게 음식을 먹고 있는 소년을 보았다. 입에 음식이 잔뜩 묻었지만 개의치 않았다.

무척이나 똘망똘망하게 보이는 소년이다. 하지만 아무리 봐도 10세 전후였다. 이런 소년이 여행자라고? 설마……

그들은 고개를 돌려 소년의 입을 닦아주는 노인을 보았다.

소년을 바라보는 노인의 눈빛은 무척이나 인자했다. 애정이 가득 담긴 할아버지의 마음처럼 보였다. 노인의 의자 옆에는 긴 막대기가 아무렇게나 걸쳐 있다. 아무런 문양도, 섬세한 조각도 없었다.

그러나 모두가 그것이 무엇인지 알아챘다.

스태프.

메이지들에게는 생명과도 같은 무기이다. 그런 스태프를 아무렇게나 놔두는 것이 조금 이상했지만, 어쨌든 여행자는 메이지라고 용병들은 여겼다. 손자와 함께하는.

"야, 꼬마야, 이름이 뭐니?"

메테가 물었다.

먹던 음식을 손에 들고 소년이 대답했다.

"그쪽도 만만치 않은 꼬만데, 그쪽 이름은 뭐니?"

메테의 말투를 그대로 따라하는 소년이다. 호의를 보이던 메테는 순간 울컥했다.

"어른이 물었으면 네, 하고 대답해야 착한 어린이지."

"내가 물었으면 네, 하고 대답해야 착한 어른이지."

메테는 뒷골이 뻣뻣해져 오는 것을 느꼈다.

이런 싸가지 없는 꼬마는 처음이다.

"하하하, 메테, 한 방 먹었는걸."

그들의 대화를 들은 용병들이 호탕하게 웃었다. 용병들 중에서 막내인 메테의 얼굴이 붉으락푸르락하는 것이 재미있는 모양이다.

너무나 창피한 나머지 메테는 벌떡 일어나 소년에게 꿀밤을 먹이기 위해 손을 들었다.

동시에 메테는 알 수 없는 싸한 느낌이 들었다. 노인이 어느새 스태프를 잡고 메테와 소년의 사이를 가로막았기 때문이다.

그것뿐만이 아니다.

워록을 한입에 삼킨, 보기에도 공포스러운 거대 괴물인 키메라가 입에서 침을 뚝뚝 흘리며 메테를 바라보고 있다.

하마터면 심장이 입 밖으로 튀어나올 뻔했다. 메테는 손을 조심스럽게 거둘 수밖에 없었다.

안드리안은 용병들과 소년, 괴물, 노인을 번갈아 바라봤다.

아주 묘한 분위기다.

누가 봐도 여행자는 노인이었다. 그리고 소년은 노인의 손자다. 소년을 바라보는 노인의 다정한 눈빛이 그것을 증명했다.

하지만 미묘하게 다른 점이 있었다.

소년을 보호하는 노인의 행동이 조심스럽다고 해야 할까. 그것은 거대한 괴물도 마찬가지였다.

안드리안조차 감당하지 못할 살기를 내뿜는 괴물이다. 한마디로 육식동물. 한층 강해진 그녀조차 괴물과 맞상대하여 이길 자신이 없다.

그런 괴물이 소년을 바라볼 때는 양처럼 순했다. 소년이 뭐라고 소리치면 뱀의 꼬리를 강아지처럼 흔들기도 했다.

이 사람들,

뭔가 있다.

그녀의 궁금증을 음식을 가져다준 아미스가 풀어주었다.

"아이고, 엘렌 도련님, 사람들한테 친절하게 좀 대하시라니까요."

엘렌? 도련님? 귀족의 자제인가? 그렇지만 들어본 적이 없는 이름이다.

아미스는 용병들과 엘렌이라는 소년을 번갈아 쳐다보면서 말했다.

"아직 통성명 안 하셨죠?"

엘렌, 북대륙 카일 왕국 출신으로 아벨라즈 가문의 막내아들이라고 하였다. 집을 떠난 지는 이제 삼 년째. 그렇다는 말은 열 살도 되지 않아 모험을 떠났나는 말이다.

그리고 엘렌을 호위하는 사람은 6서클의 대마법사 파르타제였다.

"북대륙 사람이라……."

안드리안은 중얼거리듯 말했다. 대륙은 넓다. 그의 고향이라 할 수 있는 부서진 달에도 삼안족은 존재했다. 하지만 북대륙은 부서진 달만큼이나 멀게 느껴지는 대륙이다.

이 세계는 모두 세 개의 거대한 대륙으로 나눠져 있다.

동대륙과 서대륙이 하나로 합쳐 있는 피랜드. 안드리안과 용병들이 세상의 중심으로 여기는 곳이다.

그리고 남대륙. 뱃길로만 수천 킬로미터 이상 떨어져 있어 어떤 문명을 가지고 있는지 짐작조차 할 수 없다.

북대륙도 마찬가지이다.

남대륙 정도는 아니지만 멀리 있기는 마찬가지였다. 특히 북대륙과 중앙대륙 사이에는 거대한 해양 사이클론이 존재하여 배를 띄우기도 쉽지 않았다. 아무리 거대한 함선이라고 하더라도 사이클론을 피해 양 대륙에 닿을 확률은 1할도 되지 않았다.

당연히 세 대륙의 왕래는 점점 줄어들었고, 현재는 형식적인 거래도 사라졌다. 개별적인 왕래가 아니면 국가 단위의 무역은 수백 년 전부터 완전히 사라졌다고 해도 과언이 아니다.

"그럼 아미스와 홀리맨도 북대륙 사람인가요?"

에리카가 물었다.

"아니요. 저는 아이크 왕국 출신이에요."

아이크 왕국은 제국과 더불어 가장 넓은 영토를 차지하고 있는 나라이다. 왕국은 강성하지만 끊임없이 출몰하는 북의 몬스터로 인해서 다른 나라에 신경 쓸 여력이 없는 나라이기도 했다.

"아이크 왕국 출신이 왜 이곳에서?"

"저희도 나름 귀족 출신이거든요. 비록 하급 귀족이기는 해도."

아미스는 어깨를 으쓱거렸다.

"정말입니까?"

에리카가 놀란 눈으로 되물었다.

"네."

귀족 출신의 귀부인이 이런 허름한 여관에서 안주인 노릇을 한다는 것이 믿기지 않았다.

"보다시피 몰락했어요. 저희 바깥양반이 무척이나 외골수거든요. 타협이란 모르죠. 무조건 왕실에 충성. 왕권이 강할 때는 크게 쓰이지만 왕권이 약해지면 귀족들에게는 눈엣가시가 되죠."

"귀족파의 눈 밖에 났다는 말이군요."

"네. 죄명은 반역. 목 자르기 가장 좋은 죄죠. 삼족까지 멸할 수 있으니까요. 저희는 삼 년 전 모든 것을 잃었어요. 저희는 죽음을 각오했죠. 그때 엘렌 님이 저희를 구해주신 거예요."

"비록 누명을 썼다고는 하지만 반역죄를 짓고 도주하는 사람을 구해줬다고요?"

위험천만한 일이다. 국가에 대한 반역죄를 짓고 도주하는 사람을 도운 자도 모조리 반역자에 해당한다. 그들까지 다 같이 삼족을 멸하는 것이 대륙의 불문율이었다.

하여 어떤 사람도 반역을 저지른 사람을 도울 수 없었다.

있다면 단 하나, 그만한 대가를 치르는 것 외에는.

에리카는 그것을 묻는 것이다.

"밥 한 끼."

"네? 밥 한 끼요?"

"네. 저희와 도련님의 만남은 우연에 지나지 않았어요. 도련님과 파르타제 님은 이제 막 중앙대륙에 도착해서 아무것도 모르는 상태였죠. 풋."

아미스는 갑자기 무엇이 생각났는지 입을 가리고 웃었다.

"앗! 아미스, 말하면 안 돼!"

입에 잔뜩 음식을 묻히고 먹고 있던 엘렌이 파편을 튀며 아미스를 말렸다.

"뭐, 어때서요. 도련님을 처음 봤을 때… 저희 부부는 거진 줄 알았어요. 그것도 상거지. 완전 꾀죄죄했죠. 마치 엄마를 잃어버린 아기 새처럼 다 무너지는 천막 아래서 비를 피하고 있었죠. 저희는 그 모습이 너무나 안쓰럽게 보여서 도련님을 불렀죠. 도련님이 고개를 들었는데 눈물 콧물이 범벅이 돼서 이렇게 말했죠."

"뭐라고요?"

흥미롭게 듣던 에리카가 물었다.

"'엉엉, 형들 말 들을걸. 집 나가면 고생이라더니' 라고 했죠, 아마?"

"후후후, 귀엽네요."

"아오, 얘기하지 말라니까. 그땐 다 이유가 있어서……."

지금도 엘렌은 귀엽다. 소년은 입술을 삐죽 내밀고는 다시 음식에 손을 댔다. '홀리맨, 여기 오리고기도 좀 더 줘' 라고 덧붙이면서.

"여하튼 저희는 도련님을 저택으로 데리고 갔죠. 하녀들에게 씻기라고 명하고는 식사를 차렸죠. 도련님이 씻고 나왔을 땐 조금 놀랐어요."

"왜요?"

"정말 귀티가 나서요. 아무리 봐도 고생 한번 해보지 않은 모습이었죠. 손바닥을 봤더니 여자처럼 고왔어요. 그때 알았죠. 아, 뭔가 있다."

"흠, 그렇겠네요."

"네, 아니나 다를까, 거대한 에어십이 저희 저택으로 다가오는 것이 아니겠습니까."

"에어십이요? 그게 뭐죠?"

"하늘을 나는 배예요."

"하, 하늘을 나는 배?"

에리카도 안드리안도 처음으로 듣는 소리다. 상식적으로 배는 바다나 강에 다니는 것이지 하늘을 나는 것은 아니다.

그들은 믿을 수 없다는 표정을 지었다.

"네, 믿을 수 없겠지만 엘렌 도련님이 호기심으로 만든 것이라고 하더군요."

"열 살도 안 된 꼬마가 하늘을 나는 배를 만들었다고요?"

더더욱 놀랄 뿐이다. 모두가 엘렌을 바라봤다. 귀엽지만 심술궂은 아이로밖에 보이지 않는다. 하지만 아미스가 한 말이 사실이라면 이 꼬마는 천재 중의 천재이다.

획기적인, 너무도 획기적인 발명품이지 않은가.

"네. 여러분은 말로만 듣고도 놀랐죠? 저희는 심장이 떨어지는 줄 알았어요. 거대한 에어십이 저희 저택 위로 다가오더니 도련님을 내놓지 않으면 모조리 죽이겠다고 협박했어요. 얼마나 그 목소리가 살벌한지 아직도 덜덜 떨릴 정도예요."

"혹시 에어십이란 곳에 타고 있던 분이?"

"예상하는 것이 맞을 거예요. 파르타제 님입니다. 얼마나 급히 날아왔는지 파르타제 님의 얼굴이 하얗게 질려 있더라고요."

"큼큼, 어쩔 수 없었다. 주군의 아들이 갑자기 사라졌으니 놀라는 것이 당연하지 않느냐."

파르타제는 민망한지 헛기침을 두어 번 했다.

6서클의 대마법사. 어느 왕국에 가더라도 최소 자작 이상의 작위를 받을 수 있는 실력자이다. 이런 실력자를 수하로 부리는 주군이라는 사람이 누군지 무척이나 궁금했다.

"그러니까 그때 아미스 님은 엘렌 도련님과 파르타제 님께 식사를 대접하게 되었고, 그 보답으로 아이크 왕국에서 탈출 했다는 말이죠?"

에리카가 말했다.

"맞아요. 총명하시네요. 그렇게 된 거랍니다."

"엘렌 도련님."

에리카는 고개를 돌려 엘렌을 바라봤다. 엘렌은 먹는데 귀 찮게 왜 자꾸 말 시키느냐는 표정으로 에리카를 바라봤다.

"도련님은 저희들이 가보지 못한 곳을 많이 구경했죠?"

"응. 우물우물. 그래도 세상은 넓어. 우물우물. 아직 털 게 많아."

털 게 많아?

"자칭 트레저 헌터랍니다. 집에 들어가기 전까지는 세상 모든 보물을 터는 것이 목표랍니다."

아미스가 웃음을 참으며 에리카의 말에 덧붙였다.

"자칭 아니다, 뭐. 우물우물. 뭐, 어쨌든 왜?"

이런 어린아이에게 부탁하는 것이 내키지 않았지만 지금 은 지푸라기라도 잡고 싶은 심정이다. 버프만 계속 사용한다 면 곧은 죽지 않는다. 하지만 깨어나지 못한다면 육체는 살아 있고 정신은 죽어버린 식물인간이 되고 만다.

그렇게 둘 수는 없었다.

"저희 일행 중에 환자가 있습니다. 마음의 상처가 깊은 환자죠. 외상은 없지만 그는 깨어나지 못하고 있습니다. 도련님은 대륙 곳곳을 다니셨죠? 혹시 의식만 사라진 환자를 깨울 방법을 들으신 적은 없나요?"

안드리안과 용병들은 입을 다문 채 엘렌을 바라봤다. 만약 그가 곤을 살릴 수만 있다면 어떤 식으로든 보답하겠다고 생각했다.

"음, 자세히 좀 얘기해 봐. 우물우물. 아, 의식이 잠기는 과정에 대해서도 모두 얘기해 줘야 해."

호기심이 일어나는지 엘렌은 곤의 상세에 대해서 물었다. 에리카는 제국에서 벌어진 사태에 대해서 얘기해 주었다. 그녀가 엘렌에게 허심탄회하게 털어놓을 수 있는 이유는 그가 중앙대륙 사람이 아니기 때문이다.

솔직히 말하면 엘렌은 모험을 마치면 북대륙으로 떠날 사람이다. 자신들이 제국과 적대적인 관계라고 해서 아무런 이해득실이 없는 사람이란 뜻이다.

에리카의 말을 들은 엘렌은 고개를 끄덕였다.

"간단하네."

소년은 별것 아니란 듯이 말했다.

소년의 말에 모두의 눈동자가 밝게 변했다. 특히 에리카와 씽은 눈에 띄게 화색이 돌았다.

"살릴 수 있단 말이냐?"

씽의 언성이 자신도 모르게 높아졌다.

"우왁! 이 아저씨, 마나가 왜 이래? 우리 돌돌이보다 높잖아!"

엘렌은 씽의 본질을 단번에 간파했다. 엘렌의 뒤에서 멧돼지를 통으로 구워 뜯고 있던 돌돌이가 무슨 소린가 하고 고개를 들었다.

"크르르르(주인도 참, 쨉도 안 되는구만. 이상한 걸로 호들갑이셔)."

"넌 좀 닥치고 찌그러져 있어."

엘렌은 돌돌이에게 먹고 있던 오리 다리를 던졌다. 돌돌이는 잽싸게 입을 쫙 벌리고 오리 다리를 입에 넣고 우물거렸다.

"크르르르(양이 적어, 주인)."

"아오, 너 혈압 오르게 하지 말고 좀 빠져 있어줄래? 아니면……"

"크르르르르(알았어, 알았어. 하여간 성깔머리 하고는)."

돌돌이는 콧방귀를 뀌며 거대한 덩치를 돌렸다. 아무도 돌돌이의 말을 알아듣지 못한다. 하지만 엘렌은 아무렇지도 않게 돌돌이와 대화를 나누었다. 그것이 신기한 안드리안과 일행이다.

"미안미안. 내가 어디까지 얘기했더라?"

"우리 형님을 쉽게 살릴 수 있다고까지 했다."

"아, 맞다. 그래, 그리 어렵지 않아."

"도련님, 정말이에요?"

에리카가 물었다.

"이 사람들이 속고만 살았나. 제국을 발칵 뒤집고 나왔다면서 왜들 이리 속이 좁아? 어렵지 않다니까 그러네."

"도대체 어떻게……?"

상급 수녀인 에리카가 쉴 새 없이 버프를 걸어주었다. 그의 심연에는 접근조차 할 수가 없었다. 곤을 깨울 수 있는 방법은 오직 본인뿐이다.

지금까지 모두가 머리를 맞대고 다른 방도를 모색했지만 모두 무위로 끝나고 말았다.

"간단하잖아. 지금 곤이라는 형은 깊은 무의식 속에 강렬한 악의를 가지고 있다면서."

"맞아요."

"그럼 그 악의를 밖으로 끄집어내 줘야지."

"그게 가능합니까?"

"후후, 나라면 가능하지."

엘렌은 검지를 들고 좌우로 흔들었다. 어쩐지 그런 엘렌의 모습이 무척이나 얄미워 보였다.

"곤을 깨워주세요. 부탁이에요."

에리카는 엘렌의 손을 덥석 잡고 말했다. 엘렌은 그녀에게
잡힌 손을 뒤로 뺐다.

"그 형을 깨우는 것은 어렵지 않아. 그런데⋯⋯."

"그런데?"

"형들하고 누나들은 나한테 뭘 줄래? 공짜로 다 죽어가는
사람을 살려줄 수는 없잖아."

맞는 말이지만⋯⋯.

그런 엘렌이 점점 얄미워지는 용병들이다.

*   *   *

한창 여성에 대해서 호기심을 가질 나이.

엘렌이 원하는 것은 위대한 보물도, 명예로운 직업도, 수준
높은 고대의 룬어도, 신들의 도시라고 일컬어지는 황금의 산
도 아니었다.

'여자 소개시켜줘.'

에리카는 두말하지 않고 콜을 외쳤다. 안드리안은 용병이

기에 많은 여자들과 알고 지내지 못했지만 에리카는 반대였다. 오델라 교단은 엄격하게 남녀가 분리되어 있기에 여자들 틈바구니에서 자랐다.

그녀의 시종도, 상급 수녀도, 하급 수녀도, 대수녀도 모조리 여자였다. 그중에는 신관에서 벗어나 민간인의 신분이 된 여자도 상당수 있었다. 예쁘고, 귀엽고, 성격 좋은 어린 여자들을 많이 알고 있다.

여행이 끝나면 반드시 여자를 소개시켜 주겠다는 말에 엘렌은 벌어진 입을 다물지 못했다.

닉소스와 루본스가 곤을 데리고 뒷마당으로 나왔다. 그리고 야전침대 위에 푹신한 이불을 깔고 곤을 눕혔다. 곤은 죽은 듯이 잠들어 있다.

"이 형이 곤이야?"

"그래요."

"특이하게 생겼네. 피부색도 그렇고."

"아주 먼 곳에서 왔다고 하더군요."

곤에 대해서 조금이나마 알고 있는 안드리안이 대답했다.

"하긴 세상은 넓으니까."

엘렌은 작은 가방을 꺼내 손을 쑥 넣었다. 손바닥 크기의 가방이지만 엘렌의 팔이 어깨까지 들어갔다.

안드리안은 소년의 가방이 자신이 가진 것과는 비교도 할 수 없는 고가의 마법 아이템이라는 것을 눈치챘다.

"어디에 넣어뒀더라."

엘렌은 뭔가를 가방에서 꺼냈다. 빨간 딱지가 붙어 있는 책이다. 겉에는 반쯤 발가벗은 여자가 야릇한 눈으로 어딘가를 바라보고 있는 그림이 그려져 있다.

"히익."

엘렌은 잽싸게 가방 안으로 책을 넣었다. 사람들이 그를 의미심장한 눈으로 바라보았다. 그들의 눈빛은 '어린것이 벌써부터 밝히긴' 이라고 말하고 있다.

"그, 그런 눈으로 보지 마. 이건 고서라고. 2천 년 전의 고대인들은 어떤 식으로 건전한 성생활을 즐겼나, 뭐 그런 거야."

"누가 뭐랍니까. 괜히 찔려서……."

아미스가 손으로 입을 가리며 웃었다.

"이쒸, 나 안 해!"

얼굴이 벌게진 엘렌이 벌떡 일어나 여관 안으로 들어가려고 했다.

아무리 천재적인 능력이 있다고 하더라도 애는 애다.

아미스는 급히 엘렌을 다독여 자리에 앉혔다.

"어이구, 우리 도련님, 왜 이러실까. 괜찮아요. 도련님을 이상하게 생각하는 사람은 아무도 없어요."

"흥."

엘렌은 입을 삐죽 내밀고는 다시 가방을 뒤졌다. 몇 번이나 이상한 잡동사니를 끄집어낸 후에야 소년은 찾고 있던 물건을 꺼낼 수 있었다.

"짜잔."

엘렌이 들고 있는 것은 기이한 형태의 식물이었다. 식물 뿌리는 당근처럼 생겼지만 생명체처럼 눈이 달려 있었다. 식물의 눈은 껌뻑거리며 주위를 돌아봤다. 잎사귀는 네 개였다. 특이하게도 잎사귀는 녹색, 황금색, 푸른색, 붉은색으로 각각의 색을 띠고 있었다.

모두가 생전 처음 보는 식물이다. 그들은 흥미로운 눈빛으로 식물과 알렌을 번갈아 쳐다봤다.

"그게 뭡니까?"

에리카가 물었다.

"신들의 정원에서 훔친 사시포스."

신들의 정원은 또 뭐고 사시포스는 또 뭐란 말인가? 용병들의 두뇌로는 이해할 수가 없었다. 그들은 뜻을 설명해 달라는 눈빛으로 알렌을 바라봤다.

"이 식물은 사시포스. 원한을 상징하는 신의 이름이지. 모든 능력을 가진 뇌신 인트라를 질투한 나머지 그의 딸을 범한 신이기도 해."

친절하게도 엘렌은 식물에게 붙은 이름의 어원을 설명해
주었다.

"사시포스는 신의 식물. 하지만 주신의 노여움을 받아 물
을 먹으면 녹아버리게 돼. 이렇게."

엘렌은 커다란 그릇에 사시포스라는 식물을 넣었다.

끼에에에.

사시포스의 눈동자가 엄청나게 커지더니 기괴한 소리를
냈다. 등골이 오싹할 정도로 소름 끼치는 소리였다.

그릇에 담긴 사시포스는 빠르게 녹았다. 네 가지 색깔의 잎
사귀가 녹으며 기묘한 빛을 내는 액체가 되었다. 푸른색 같기
도 하고 붉은색 같기도 하다. 보는 방향에 따라서 색이 변했
다.

"자, 이걸 저 형에게 먹여."

엘렌이 그릇을 안드리안에게 주었다.

"그냥 먹이기만 하면 돼요?"

"응."

"무슨 효과가 있는 거죠?"

"모르긴 몰라도 저 형은 세상에서 가장 끔찍한 악몽을 꾸
게 될 거야."

"그럼 더 의식이 깨어나지 않는 것 아닌가요?"

"아니라니까 그러네. 잘 생각해 봐. 부모를 죽인 살인범이

도망갔어. 그럼 어떡해야 돼?"

"찾아서 똑같이 복수해야죠."

"그것과 같아. 저 형은 원한을 심어준 자들을 찾아서 현실로 돌아오게 될 거야. 단, 생각보다 원한이 깊지 않으면 꿈속에 계속 머물 확률이 있어."

"그러지는 않을 거예요."

엘렌의 말을 에리카가 받았다.

곤이 가진 거대한 악의를 그녀조차 감당하지 못했다. 상급 수녀인 그녀가.

"그런데……."

문득 엘렌은 궁금한 것이 떠오른 듯 동그란 눈으로 에리카를 바라봤다.

"그렇게 큰 원한이 있는 이 형을 왜 되살리는 건데?"

"당연히… 친구니까."

사랑하는 사람이라는 말이 입 언저리에서 맴돌았지만 에리카는 입 밖으로 낼 수가 없었다. 대신 친구라는 단어로 대체했다.

"이 형 강해?"

"강해요."

"얼마나?"

"무척이나."

"흠, 그렇게 강한 사람이 원한을 가지고 되살아난다면 그거 안 좋은 거 아니야? 희대의 살인마가 될지도 모른다고."

"절대로 그렇지 않을 거예요."

"안 그럴 텐데."

"저희가 그렇게 만들지 않을 겁니다."

안드리안이 거들었다.

"난 몰라. 저 형이 살인마가 돼도. 약속이나 꼭 지켜."

"제가 아는 지인께 연통을 넣을 거예요. 참하고, 예쁘고, 귀여운 아가씨로 소개해 달라고요."

"히히, 약속했다?"

"네."

"그럼 어서 시작해."

고개를 끄덕인 안드리안이 사시포스가 녹은 액체를 곤의 입에 넣었다. 한 방울도 남김없이 조심스럽게.

"이제 된 건가요?"

"응. 기다리면 돼. 저 형이 악몽과의 사투를 끝낼 때까지. 그나저나 저것들은 왜 저래?"

엘렌은 고개를 돌려 돌돌이와 씽을 바라봤다. 둘은 아까부터 살벌한 눈싸움을 하고 있었다.

"크르르르르(눈 깔아, 하등 생물)."

"너나 눈 깔아. 덩치만 큰 괴물딱지야."

씽은 지지 않고 맞받아쳤다.

다른 사람들은 모르지만 그는 처음부터 돌돌이라는 해괴한 생명체에게서 눈을 떼지 못했다. 그를 보고 있자면 참을 수 없는 투기가 끓어올랐다. 또한 어떻게 된 건지는 모르겠지만 돌돌이가 무슨 말을 하는지 씽은 알아들을 수가 있었다.

그것은 돌돌이도 마찬가지였다.

씽이라는 은발의 사내가 무척이나 눈에 거슬렸다. 괜히 심술을 부리고 싶다고나 할까. 무작정 다가가서 한 대 치고 싶었다.

용병 나부랭이들이야 한 대 맞으면 죽겠지만 은발의 사내는 너끈하게 견뎌낼 것 같았다.

돌돌이와 씽의 눈이 마주쳤다. 씽은 노골적으로 투기를 내보였다.

"크르르르(어쭈구리, 하룻강아지 돌돌이 무서운 줄 모르고)."

끝내 돌돌이는 씽에게 시비를 걸고 말았다. 그의 주인이 그것을 봤다면 매타작부터 시작될 터였지만 지금은 다른 일을 하느라 정신이 없어 보였다.

은발의 사내를 혼내줄 기회였다.

하지만 씽은 결코 물러서지 않았다. 오히려 입술을 뒤틀며 한판 붙자는 식으로 나왔다.

"덩치 큰 괴물, 너쯤은 한주먹에 끝낼 수 있어."

"크르르를(한주먹? 웃기고 앉아 있네. 나는 한 손가락으로 널 보낼 수 있지)."

"나는 양손을 쓰지 않고 지그시 밟아버릴 수도 있지."

"크르르르르(나는 입김만으로 널 제국까지 날려 버릴 수 있다)."

"웃기는군. 손톱 하나로 널 두 동강 내주랴?"

"크르르르르(해봐. 나는 여기서 한 발자국도 움직이지 않고 투기만으로 널 끝장내 주마)."

남자의 허세.

그들을 보던 안드리안과 용병들은 헛웃음을 지었다. 특히 씽의 차가운 성정을 알고 있는 용병들은 정말로 씽이 맞는지 의심스럽기까지 했다.

"하여간 이 자식은 잠깐만 한눈을 팔면 사고를 쳐요, 사고를. 아이언 풋(Iron foot)."

주문을 외워 다리를 강철로 만든 엘렌이 돌돌이의 정강이를 강하게 올려 찼다.

빠아악—

"끼에에에엑(아이고, 돌돌이 죽어)!"

돌돌이는 정강이를 잡고 펄쩍펄쩍 뛰었다. 3미터가 넘는 거구의 돌돌이가 한쪽 다리를 잡고 껑충껑충 뛰자 마당 전체가 들썩거렸다.

단번에 상황이 정리됐다.

"그나저나 이 잡스런 살기는 뭐단가."

엘렌이 주위를 돌아보며 말했다. 엘렌의 옆으로 파르타제가 스태프를 들고 호위하듯 섰다. 그도 진작 은은하게 다가오는 주위의 살기를 느낀 모양이다.

"으음."

그제야 안드리안도 살기를 느낀 듯 대검을 잡고 자리에서 일어났다. 분위기를 느낀 용병들도 일사불란하게 진을 짰다.

홀리맨은 내심 놀랐다. 어디서나 볼 수 있는 평범한 용병들이라 생각했는데 그것을 수정하기로 했다.

바위처럼 단단한 눈빛, 날카로운 기도, 흔들림 없는 감정.

상당한 정예였다.

저들은 어디에 내놔도 본인의 목숨은 책임질 수 있는 실력자들이었다.

"에리카는 마당 중앙으로 오세요."

안드리안이 조그만 목소리로 말했다. 에리카는 고개를 끄덕이고는 완드를 꺼내 버프를 준비했다.

상당한 숫자의 뭔가가 이곳을 향해서 빠른 속도로 다가오고 있었다.

점점 짙어지는 살기.

좋은 의도로 접근하는 자들은 아닐 것이다.

                    *   *   *

  젠다르는 자신이 가진 모든 돈을 쏟아부어 오십 명의 용병
을 고용했다. 그뿐만이 아니다. 그는 형에게 무릎을 꿇고 울
부짖었다.

  형의 친구가 죽었다고, 놈들이 형의 친구를 먹어치웠다고.

  젠다르의 형은 에덴의 기사단장이었다. 그의 수하로 있는
기사만 200명이 넘었다. 에덴은 어지간한 무력으로는 치안이
유지되지 않았다. 막강한 무력이 없으면 썩어빠진 도시를 유
지할 수 없었다.

  그런 에덴이라는 도시에서 최강의 무력을 가지고 있는 자
가 바로 텍토르. 젠다르의 형이다. 젠다르가 건달들을 데리고
도시에서 행패를 부릴 수 있는 이유도 모두 형 덕분이었다.
그의 형이 없었더라면 젠다르는 진작 누군가에게 칼을 맞고
죽었을 것이다.

  전투 메이지 아스. 그는 텍토르와 이십 년 지기였다. 같은
꿈을 꾸었고, 지금은 서로가 남부럽지 않은 위치까지 올랐다.

  한데 아스가 죽었다. 제대로 된 전투도 아니었다고 한다.

  "습격을 받아서 죽어?"

  텍토르는 분노했다. 그는 당장 동생에게 그들이 어디 있느

냐고 다그쳤다. 젠다르는 울면서 말했다. '형님, 놈들은 강해요. 형님 혼자만 가서는 큰일 나요. 하여 저는 말을 할 수가 없어요' 라고.

텍토르는 말했다.

"동생아, 너의 마음은 잘 알겠다. 하지만 걱정하지 마라. 내가 누구냐. 난 에덴의 수호자다. 만반의 준비를 할 터이니 너는 그들이 어디 있는지 안내하거라."

텍토르는 자그마치 100명이나 되는 기사들을 이끌고 나왔다.

고용한 용병들을 합쳐 150명.

젠다르는 회심의 미소를 지었다. 상대가 비록 괴물이라고 하더라도 이 정도의 병력이면 충분하리라 생각했다.

자그마치 150명이나 되는 병력이 허름한 여관을 에워쌌다.

"형님, 놈들이 안에 있는 것은 확인했습니다."

젠다르는 텍토르에게 보고했다.

"네가 고용한 용병들은 놈들이 도주하지 못하게 밖을 지켜라. 나와 수하들이 놈들을 잡겠다."

"알겠습니다."

텍토르는 검을 뽑았다. 그가 검을 뽑자 완전무장을 한 기사들도 검을 뽑았다. 그들의 살기가 기세등등하다.

"가자."

텍토르와 기사들은 금방이라도 무너질 것 같은 허름한 여관을 향해서 발걸음을 옮겼다.

*   *   *

"제, 젠장! 뭐가 이렇게 많아?"

엘렌이 고운 미간을 좁히며 외쳤다. 여관을 습격해 오는 자들이 있다는 것은 진작 눈치챘다. 아마도 젠다르인가 뭔가 하는 놈이 또 다른 패거리를 끌고 왔을 것이라고 생각했다.

딱 봐도 놈들은 건달이었다. 건달들이 다른 일행을 끌고 와봐야 건달이다. 조금 더 높게 쳐주면 도적 길드에서 친한 누군가를 데려왔을 것이다.

하지만 엘렌의 예상은 빗나갔다.

지금 그들을 습격한 자들은 건달도 도적도 아닌 기사들이었다. 그것도 확실한 훈련을 받은 정규군이었다. 중간중간 마법사들도 끼어 있어 대적하기가 상당히 까다로웠다.

많은 실전을 겪었는지, 손발을 맞춰봤는지는 모르지만 마법사들은 기가 막힌 타이밍으로 기사들에게 버프를 걸어주었다.

"젠장, 이거 큰일인데."

안드리안의 안색이 좋지 않았다. 상대가 예상보다 훨씬 강했다. 놈들은 대놓고 정체를 드러냈다. 멀리서도 눈에 뜨일 만큼 화려한 갑주와 가슴에 새겨진 독수리 문양은 이들이 에덴의 정규 기사라는 것을 알려주고 있었다.

왜 이들이 자신을 습격했는지는 모른다. 굳이 연관성을 뽑자면 젠다르라는 건달이다. 그가 에덴의 기사단과 모종의 관계가 있을까? 아니, 그보다는 죽은 전투 메이지와 관련이 있을 가능성이 높았다.

어쨌든 안드리안과 용병들이 큰 수세에 처한 것만은 사실이었다.

용병들은 씽과 곤에게 배운 대로 진을 유지하며 가까스로 기사들의 공격을 막아내고 있었다. 막아낼 뿐이다. 수비를 공격으로 전환하는 것은 그들의 실력으로는 불가능에 가까웠다.

특히 중간중간 날아오는 마법사들의 공격 때문에 용병들은 머리도 제대로 내밀지 못했다.

적들이 압도적으로 유리하다.

시간은 용병들의 편이 아니었다. 기사들은 침착하게 차륜전을 펼쳐서 용병들을 한 명씩 깎아내릴 것이다.

그나마 우위를 점하고 있는 것은 씽과 돌돌이란 괴물이었다. 씽의 자유자재로 늘어나는 손톱은 기사들에게도 큰 위협이 되었다. 평상시라면 그들의 갑옷과 방패를 한꺼번에 갈라

버렸을 테지만 마법사들의 강화 버프로 인해서 씽의 손톱이 번번이 밀려났다.

돌돌이도 마찬가지였다. 그의 거대한 전투 해머가 기사들의 방패를 뻥뻥 쳐올렸다. 그들의 방어구인 카이트 실드가 종잇장처럼 구겨졌다. 보통 때라면 전투 불능에 빠질 법한 충격이다.

하지만 그들 역시 마법사들의 회복 마법에 의해 금방 자리를 털고 일어났다.

역시 마법사란 상당히 성가신 존재였다.

그나마 다행인 것은 이쪽도 에리카와 파르타제란 대마법사가 있는 것이다. 하나 에리카는 전투 능력이 없었다. 가장 막강한 위력을 가진 파르타제는 놈들의 견제에 걸려 큰 위력을 가진 마법의 캐스팅을 외울 수가 없었다.

"지금 이건 무슨 상황이지?"

안드리안의 등 뒤에서 익숙한 목소리가 들려왔다. 그녀는 다가오는 기사의 배를 발로 찬 후 뒤로 물러났다.

"곤! 깨어났어?"

곤은 어지러운지 아직 자리에서 일어나지 못하고 있었다. 하지만 그의 눈동자는 그렇지 않았다. 녹색 기운이 눈동자를 에워쌌다가 사라졌다.

예전보다 훨씬 더 깊은 눈동자의 깊이이다. 광포한 맹수가 그의 눈동자에 비쳤다.

곤은 천천히 자리에서 일어났다.

"저들은 적?"

"맞아."

"적이라……."

곤은 눈매가 살짝 가늘어졌다. 그의 몸에서 기이할 정도로 흉측한 기운이 사방으로 뻗어 나갔다. 그 힘은 점점 커져갔다.

'다음 생이 있다면 이 엿 같은 세상에서 태어나지 않기를…….'

코일코의 마지막 말이 곤의 머릿속에서 떠나지를 않았다. 소년과의 추억과 죽음이 회오리치며 곤의 심장을 마구 두드렸다.

"코일코……. 네가 없는 세상……."

한 방울의 눈물이 곤의 볼을 타고 흘렀다.

"모조리 박살을 내주겠다."

곤은 주먹을 쥐었다. 그의 입에서 나직한 주문이 흘러나왔다.

"재앙술 5식. All kill, 섬멸(殲滅)."

주문과 함께 거대한 힘이 여관 주위를 가득 덮쳤다. 공간이 일그러지는 것이 뚜렷하게 보였다. 예상치 못한 강대한 힘이 하늘과 바닥에서 동시에 치솟아 오르고 있었다.

"모, 모두 뒤로 물러나라! 이곳으로 보여!"

놀란 안드리안이 다급하게 소리쳤다. 지금은 기사들과 손을 섞고 있을 때가 아니었다. 이제껏 경험하지 못한 뭔가가 그들을 향해서 다가오고 있었다. 곤의 곁에서 방어막을 치지 않으면 큰 화를 면하지 못할 것이다.

그것은 여관과 여관 뒷마당에 있는 모든 사람이 느꼈다.

씽과 맞상대하던 텍토르마저 잠시 검을 멈추고 말았다.

씽은 재빨리 곤이 있는 곳으로 몸을 날렸다. 용병들도, 엘렌도, 돌돌이도, 파르타제도, 아미스와 홀리맨도 불안함을 억누르며 모여들었다.

2조의 에니스가 들고 있던 검을 놓쳤다. 그가 검을 주우려고 등을 돌렸다. 게론이 그런 에니스의 뒷덜미를 잡고 안쪽으로 당겼다.

"미쳤어? 빨리 움직여."

"하, 하지만……."

용병들에게 무기는 생명과도 같았다. 무기를 잃어버리는 것은 자신의 목숨을 포기하는 것이다. 에니스가 검을 주우려는 것은 당연한 행위였다.

하지만 게론은 그에게 검을 포기하도록 명령했다.

푸시식—

바닥에 떨어진 에니스의 검이 갑자기 부식되었다. 검은 순
식간에 모래가 되어 사라졌다.

"허억!"

에니스는 헛바람을 들이켰다. 뒷마당에 놓여 있는 물건들
이 부식되기 시작한 것이다. 기겁한 에니스는 급히 뒤로 물러
났다.

아슬아슬하게 모두가 곤의 곁으로 모여들었다.

그 순간,

푸화화하하하하학!

모래 폭풍이 수십 미터 상공까지 치솟았다. 강렬하게 회전
하는 모래 폭풍은 모든 것을 집어삼켰다.

가장 안전한 장소는 모래 폭풍의 중심인 곤의 옆자리밖에
없었다.

"으아아아아아악!"

사방에서 비명이 메아리쳤다. 그것은 육체에 가해진 고통
때문에 내지른 비명이 아니었다. 한 도시를 지탱하는 기사라
면 고통에 대한 내성이 상당하다. 어지간해서는 신음 소리 한
번 흘리지 않고 죽음을 받아들일 수도 있었다.

하지만 그들이 내지른 비명은 그것과는 매우 상반됐다.

고통이 아니라 두려움.

모래 폭풍에 휩쓸려 분자 단위로 분해되는 자신의 육체를 보며 극한의 공포를 느끼고 있는 것이다.

모래 폭풍은 반경 수십 미터를 삽시간에 휩쓸어 버렸다. 어떤 생명체도 그 속에서는 존재할 수가 없었다. 나무도, 의자도, 여관도, 마법사도, 기사들도, 모조리 모래처럼 부서졌다. 텍토르는 후퇴하라는 말도 내뱉지 못하고 완전히 분해되어 사라졌다.

가공할 장면을 직접 목격하며 용병들은 아무런 말을 하지 못했다. 마른침을 삼키는 것조차 허용되지 않을 듯싶었다.

그것은 엘렌도 마찬가지.

"우와! 이 형, 장난 아니잖아? 우리 큰형보다 더 강한 것 같네?"

엘렌이 살아오면서 가장 강한 사람을 뽑으라면 단연코 그의 큰형이다. 이제껏 큰형보다 강한 사람은 단 한 번도 보지 못했다.

큰형의 압도적인 힘은 대자연이라도 허물어뜨릴 수가 있을 것 같았다.

하지만 지금 곤이라는 형의 능력도 만만치 않았다. 큰형과 저 형은 상식을 벗어난 괴물이었다.

Chapter 6. 마지막 작별

"이, 이게 무슨 일이야?"

젠다르를 비롯한 오십 명의 용병들은 우두커니 서서 그대로 석상이 되어버렸다. 그의 형과 백 명의 기사, 다섯 명의 메이지가 여관에 잠입했을 때 모든 것이 끝난 것이라 생각했다.

형의 친구를 잡아먹은 거대한 괴물이 있지만 혼자서 무엇을 할 수 있다는 말인가.

장담하건대 짧은 시간 안에 모든 것이 끝날 것이다.

하지만 갑작스럽게 불어닥친 모래 폭풍은 허름한 여관을 비롯하여 주변을 싹 잡아먹어 버렸다. 잡아먹었다는 말로밖에 표현할 수가 없었다. 모래 폭풍이 휩쓸고 간 자리에는 남은 것이 아무것도 없었다.

놀랍게도 폭풍이 일어난 자리는 작은 사막이 되어버렸다. 건물도, 젠다르의 형도, 기사들도 모조리 사라졌다.

남은 것은 거대한 괴물과 그 일행뿐.

"으으으, 이, 이건 말도 안 돼. 이번 의뢰, 세 배로 돈을 돌려주겠소. 나중에 길드로 찾으러 오시오."

스킨헤드를 한 용병단장이 겁을 먹고 뒷걸음질 쳤다. 당연한 일이다. 만약 다시 한 번 모래 폭풍이 일어난다면 이곳에 있는 누구도 살아남지 못할 터였다.

모래 폭풍이 마법인지 아니면 스크롤인지는 모른다. 과정은 모르지만 결과는 짐작할 수 있었다.

무조건 도망쳐야 한다. 목숨이 돈보다 중요할 수는 없는 법이니까.

용병들은 도망쳤다. 남은 사람은 젠다르와 그의 동료인 다섯 명의 건달뿐이다. 건달들 역시 젠다르의 눈치를 보았다. 어서 이곳에서 떠나자고 말하고 있었다.

그러나 섣불리 그곳을 떠나지 못하는 이유는 형 때문이었다.

그는 어릴 적부터 사고만 치는 골칫덩어리였다. 그런 젠다르를 끝까지 보호해 준 사람이 형 텍토르였다. 텍토르는 누구나 인정하는 뛰어난 검사였다. 그 능력을 인정받아 기사가 되었고, 빠른 속도로 진급하여 최연소 기사단장이 되었다.

그의 형이 막강한 힘을 가지게 된 만큼 누구도 젠다르를 경시하지 못했다. 귀족만 아니라면 누구도 그를 해코지하지 못했다.

젠다르의 배경, 젠다르의 힘은 형에게서 나왔다.

그런 형이 흔적도 없이 사라졌다.

보고도 믿기지 않았다. 믿을 수도 없었고 믿고 싶지도 않았다.

"혀엉……."

젠다르는 사막으로 변해 버린 여관이 있던 곳을 향해서 걸어갔다.

"제, 젠다르 님, 어서 물러나야 합니다."

건달들 중에 한 명이 그를 붙잡았다. 젠다르는 그의 팔을 쳐 냈다.

"형을 찾아야 돼."

"외람된 말씀이지만 텍토르 님은 전사했습니다. 지금 두 눈으로 확인하지 않았습니까."

"죽어? 우리 형이 죽어? 이 새끼가 어디서 거짓말을!"

젠다르는 검을 꺼내 그 사내의 목에 푹 찔렀다. 목이 찔린 사내는 입에서 피거품을 물며 쓰러졌다. 즉사였다.

젠다르는 다시 사막을 향해서 걸음을 옮겼다. 그의 눈빛이 맛이 간 것을 확인한 건달들은 곧바로 등을 돌려 도주했다. 건달들에게는 그의 신병을 지켜야 할 만큼의 의리가 없었다.

혹시 텍토르가 살아 있다면 모르지만 그가 죽은 이상 젠다르는 끈 떨어진 연이었다. 워낙 많은 원한을 심어놨기에 텍토르가 죽었다는 소문이 퍼지면 젠다르 역시 오래 버티지 못하고 살해당하고 말 것이다.

젠다르의 눈에 아미스와 홀리맨이 들어왔다.

"너희지. 너희가 이런 짓을 저지른……."

그는 말을 끝낼 수가 없었다. 씽의 손톱이 길게 뻗어 나와 목을 잘라 버렸다.

젠다르의 머리가 툭 하고 모래바닥에 떨어졌다. 모래바닥은 젠다르가 흘린 붉은 피로 물들었다.

"후, 아무래도 이곳에서 여관을 운영하는 것은 그른 것 같군요."

아미스가 고개를 흔들었다. 그러나 아쉬운 표정은 아니었다. 어쩐지 조금은 후련하게 보이기도 했다.

"저희 때문에 죄송합니다."

안드리안이 그녀에게 고개를 숙여 사과했다.

"이게 왜 안드리안 님 때문입니까. 저희는 오히려 도움을 받았는걸요. 저기, 곤 님이라고 하셨죠? 곤 님이 아니었으면 저희도 큰일 날 뻔했습니다."

곤은 고개만 슬쩍 움직였다.

안드리안에게 들은 곤의 성격과는 사뭇 달랐다. 곤은 정이 많고 의리가 있다고 들었다. 코일코를 살리기 위해 그가 어떤 험난한 길을 걸었는지에 들었을 때는 놀라움을 금치 못하기도 했다.

하지만 들은 것과는 많이 달랐다.

의리는 있을지 모르지만 정이 있어 보이지는 않았다. 가만히 서 있기만 한 상태인데도 냉기가 풀풀 풍겼다. 건드리면 절대 안 된다는 위험한 냄새가 느껴졌다.

그리고 그것은 사실이었다.

조금 전 본 곤의 무지막지한 무력은 아미스와 홀리맨의 상식을 완전히 깨뜨리는 무시무시한 것이었다. 맹세코 이런 광경은 단 한 번도 본 적이 없었다.

하여 곤에게는 말을 붙이기가 쉽지 않았다.

"그럼 이제 어쩌죠?"

에리카가 주위를 둘러보며 물었다. 대답을 해줄 사람을 찾는 것이다.

"일단 이곳에서 벗어나자고."

엘렌이 모두를 대신해서 대답해 주었다.

"이렇게 큰일을 만들었으니 도시에서 벗어나기가 쉽지 않을 텐데요. 조를 짜서 각각 움직이죠. 그러는 편이 나을 것 같아요."

"그럴 필요 없어."

"네? 그게 무슨 말이에요?"

에리카는 고개를 갸웃거렸다.

"저거 타고 가면 되거든."

엘렌이 어두운 하늘을 가리켰다. 거대한 무엇인가가 부서진 달을 감췄다. 부서진 달을 가로막고 있는 그림자는 분명 배의 모양을 하고 있었다.

"설마 저것이 그……?"

"맞아. 내 전용 탈것 에어십이야."

하늘을 나는 배.

하늘을 날아서 오는 그 압도적인 아름다움은 말로써 표현할 수가 없었다. 길이만 족히 30미터 이상에 에어십의 선수에는 미의 여신이 조각되어 있었다. 에어십은 거친 바람을 이겨 내며 그들의 머리 위로 살며시 내려앉았다.

곤조차 그 위대한 광경에 잠시나마 넋을 잃고 바라봤다.

"자, 타라고."

엘렌은 싱긋 웃으며 말했다.

＊　　　＊　　　＊

에어십은 콩고 공화국의 국경을 넘었다. 엘렌과 파르타제
는 에어십이 대륙 누군가에게 발견되는 것을 원치 않았다. 에
어십을 중앙대륙의 누군가가 발견한다면 북대륙에서 전쟁을
준비하느니 뭐라느니 난리를 칠 것이 뻔했다.

하여 엘렌과 파르타제는 에어십을 야간에만 운용했다.

엘렌은 처음으로 자신의 배에 탄 손님들을 거하게 접대했
다. 크게 한바탕 난리를 겪었기에 모두가 시장한 탓도 있었
다. 엘렌은 마법 창고에 가득 쌓아두었던 최상급의 육질 좋은
고기와 와인을 잔뜩 풀었다.

와인은 파르타제가 즐겨 마셨다. 아직 어린 엘렌은 술맛을
몰랐다. 그렇기에 과감하게 벌일 수 있는 만행이었다. 파르타
제는 재빨리 마법 창고로 내려가 구하기 힘든 와인은 마법으
로 숨겨 버렸다. 와인을 감추지 않으면 무식한 용병들이 물
마시듯이 다 마셔 버릴 것만 같았다.

파르타제의 예상은 적중했다. 용병들은 조금 전에 있던 가
공할 장면을 안주 삼아 와인을 병째 들이마시고 있었다.

"무식한 것들."

파르타제는 한숨이 절로 흘러나왔다. 천년대제 샹크스의
던전을 털어서 마련한 저 값비싼 와인을 저토록 마셔대다니.

저들은 알까.

한 모금의 와인에 10골드씩 사라지고 있다는 것을.

파르타제는 고개를 좌우로 흔들며 갑판 위에 마련된 의자에 털썩 주저앉았다.

"그런데 형의 힘은 어떤 거야? 마법은 아니던데."

엘렌이 곤에게 물었다.

곤은 엘렌을 바라보았다. 처음 보았지만 무척이나 친근감 있게 다가오는 소년이다. 동그란 계란형의 눈동자가 무척이나 순수했다. 소년의 눈빛은 코일코를 연상시켰다. 그렇기에 소년에게 함부로 대할 수가 없었다.

곤이 풍기던 냉기가 급속하게 수그러들었다. 좀처럼 긴장을 풀고 있지 않던 안드리안과 에리카는 그제야 마음이 놓였다.

물론 소년이 사이코패스의 기질을 가졌다는 것을 곤은 알아차리지 못했다.

"재앙술이란 술법이다."

"재앙술? 술법? 마법과는 다른 거야?"

"재앙술은 자연의 힘을 빌리는 것이지. 샤먼이 쓰는 술법이다."

"아, 샤먼."

엘렌은 손바닥을 딱 치며 아는 체를 했다.

"샤먼은 산 사람의 심장을 먹는다고 하던데. 병을 옮기고, 저주를 뿌리고."

"안 먹는다."

샤먼에 대한 뿌리 깊은 불신이 대륙 전반에 퍼져 있는 모양이다. 모든 사람이 샤먼에 대해서 나쁜 쪽으로만 이야기한다.

하나 곤이 생각하기에 샤먼은 마법보다 자연적인 친화력이 좋았다. 마법은 자연의 힘을 강제로 끌어들여 발휘하는 것이지만 샤먼의 술법은 자연의 힘을 빌려오는 것이니까.

어휘의 차이는 있지만 본질은 근본적으로 조금 달랐다.

"그렇구나. 안 먹는구나. 하긴 형이 인간의 심장을 먹는다는 것이 조금 믿기지는 않는다."

"……"

곤은 대답하지 않았다. 묵묵히 앞에 놓인 와인 잔을 들어 한 모금씩 마실 뿐이었다.

"우리는 신성왕국을 가는데, 형들은 어디로 가? 가는 길이면 내려줄게."

엘렌이 다시 물었다.

곤은 빛나고 있는 부서진 달을 바라보았다.

어디로 가야 할까. 뮬란과의 약속을 지키기 위해서는 아슬란 왕국으로 가야 한다. 하지만 아주 작은 뭔가가 가슴속에 남아 있었다.

그 무엇은······.

"나는 그랑쥬리 밀림으로 가야 된단다."

"그랑쥬리 밀림? 거긴 왜?"

가장 놀란 사람은 안드리안이었다. 왜 그 험한 밀림으로 가야 한다는 말인가. 그들은 아슬란 왕국으로 가야 정상이었다.

"마지막으로 할 일이 있습니다."

곤은 담담하게 대답했다.

보통이라면 안드리안이 반론을 제기했을 것이다. 하지만 곤의 표정이 너무도 차가워 쉽사리 얘기를 꺼낼 수가 없었다.

그녀는 '왜?'라고 물을 수밖에 없었다.

"코일코의 마지막을 알려줘야 하니까요."

"······."

"······."

안드리안과 씽, 에리카는 아무런 말을 할 수가 없었다. 코일코의 최후를 목격한 곤이 가족에게 그 사실을 알려주는 것은 어찌 보면 당연한 일이었다.

"좋아, 우리의 목적지는 정해졌네."

안드리안은 결정한 듯했다. 그녀는 엘렌을 돌아보며 물었다.

"저희를 그랑쥬리 정글에 내려줄 수 있나요?"

"어렵지 않지. 아무리 험난한 정글이라고 하더라도 하늘을 나는 우리를 잡을 수는 없어."

그랑쥬리 정글은 대륙에서 가장 위험한 정글에 속한다. 하지만 그곳에는 와이번이나 하피와 같은 하늘을 나는 몬스터는 극소수였다.

하늘을 나는 몬스터가 살기에는 습도가 높았다. 하여 하늘을 나는 몬스터들은 대부분 중앙대륙 남쪽에 많이 서식했다.

해상왕국 샤로트와 3공국 연합체 시야와 남야가 하늘을 나는 몬스터들에게 상당한 피해를 입는 이유가 그것이었다.

"그랑쥬리 정글에는 나와 씽, 곤만 내리도록 하지. 너희는 곧바로 아슬란 왕국으로 가서 퍼쉬, 체일, 불킨과 합류해. 에리카도 그러는 것이 좋겠어요."

안드리안은 용병들에게 말했다.

"저희도 함께 가겠습니다."

용병들은 안드리안, 곤과 떨어지는 것이 못내 아쉬운 모양이었다.

"아니, 정글은 위험해. 작은 벌레조차 우리의 목숨을 위협할 정도야. 너희는 다른 용병들과 합류한 후 켈리온 남작 가문을 찾아. 우리는 일을 마친 후에 곧바로 그곳으로 갈 테니까."

"후, 그리도록 하죠."

게론과 용병들은 수긍했다. 곤과 함께라면 어디든지 간다.

그것이 그들의 기본적인 생각이었다. 하지만 곤이 아무런 말을 하지 않는다는 것은 정글이 그만큼 위험하다는 것을 뜻했다.

짐이 될 수는 없었다.

"저는 함께하겠어요."

에리카가 끼어들었다. 그녀의 눈빛은 단호했다. 절대로 물러서지 않겠다는 의지가 깃들어 있었다.

"위험해."

"저는 정글에 경험이 있어요. 곤 덕분이기는 하지만 정글을 주파한 적도 있고요."

그 얘기는 들어서 알고 있다. 하긴 버프의 능력을 가진 그녀라면 어지간한 독에 대해서는 걱정을 하지 않아도 될 것이다.

그녀를 보호할 무력이라면 충분히 차고도 넘쳤다.

곤과 씽, 안드리안이 함께 있는 이상 그 어떤 상대가 와도 쉽사리 지지는 않을 테니까.

안드리안은 결정하라며 곤을 바라봤다. 지금의 결정권은 그가 가지고 있었다.

곤은 고개를 끄덕였다. 긍정의 의사이다.

"고마워요."

"참나, 독충과 몬스터가 바글거리는 정글로 들어가는데 고맙다니."

안드리안은 에리카에게 핀잔을 주었다. 에리카는 그런 안드리안에게 혀를 날름 내밀었다.

"자, 알았어, 알았다고. 대출혈 서비스. 모두를 안전한 곳까지 데려다주지. 대신 꼭 여자 소개시켜 줘야 해. 형들 내려주고 곧바로 신성왕국으로 갈 테니까."

"걱정하지 말아요. 엘렌 님 눈에 딱 맞는 귀엽고 예쁜 아가씨가 기다리고 있을 테니까."

"헤헤헤, 아싸라비야!"

엘렌은 기분이 좋은 모양이었다. 덕분에 곤 일행은 힘들지 않게 대륙을 횡단할 수 있었다. 곤과 씽, 안드리안, 에리카는 햄버 강 근처에서 내렸다. 그곳은 황색 오크 마을과 멀지 않은 곳이다. 곤이 마쉬 스네이크에게 죽을 뻔한 장소이기도 했다.

용병들은 아슬란 왕국 국경 근처 초원에서 내렸다. 에어십에 탔을 때부터 제국군의 추격에서는 벗어났다고 여겼다. 제국군에는 뛰어난 추적술을 가진 레인저가 다수 존재하지만 하늘로 도주한 그들을 잡아낼 수는 없으리라.

아미스와 홀리맨은 당분간 엘렌과 함께 움직인다고 하였다. 그들의 입장에서는 어쩔 수 없을 것이다. 고향인 아이크 왕국으로는 돌아갈 수가 없을 것이고, 에덴에서는 쫓기는 입장이 되었을 테니.

그래도 함께 싸웠다는 동질감 때문인지 그들은 꽤나 정이 들었다. 아미스는 헤어질 때 눈물을 흘리기도 했다.

가관은 씽과 돌돌이였다.

"크르르를(사나이의 승부는 나중으로 미루지)."

"그래. 다음엔 더 강해져서 만나자고."

"크르르르르(멋진 승부를 위해서)."

그들은 주먹을 맞댔다. 빛나는 우정이 담긴 눈빛이다. 다음을 기약하지 못한다는 쓸쓸함도 담긴 그런 눈빛.

"지랄한다, 진짜."

엘렌은 그런 돌돌이의 뒤통수를 치려다가 억지로 성질을 억눌렀다. 돌돌이 때문이 아니라 씽이라는 사내에게 호감이 가서였다.

돌돌이의 마력의 원천은 드래곤 하트였다. 비록 손톱 크기의 아주 작은 부분이지만 어지간한 기사들과는 비교도 되지 않는다.

가장 큰 장점은 무한에 가까운 마력의 재생산이다. 그런 돌돌이가 만들어진 것은 기적에 가까웠다. 다시 만들라고 하면 절대로 불가능할 것이다.

그런데 씽이라는 자도 만만치 않았다. 그가 가진 마력은 한 인간이 감당하기에는 너무 많았다. 어마어마한 무력을 가진 곤이라는 형조차 씽보다는 한참 적은 마나를 가지고 있었다.

도대체 무슨 수를 썼는지 궁금하기만 했다. 만약 씽이 적이었다면 생포하여 전신을 해부해 봤을 것이다. 그렇게 하지 못하는 것이 조금 아쉬웠다.

물어본다고 하더라도 제대로 된 대답은 해주지 않을 것이다.

"그럼 형들, 누나들, 잘들 가라고."

"곤 님, 안드리안 님, 에리카 님, 씽 님, 그동안 즐거웠습니다."

엘렌과 아미스가 크게 손을 흔들었다. 말수가 적고 무뚝뚝한 파르타제와 홀리맨도 아쉬운지 곤 일행이 보이지 않을 때까지 선실로 들어가지 않았다.

"자, 그럼 이제 가볼까. 곤, 안내해. 네가 어떤 곳에서 살았는지 궁금하다."

안드리안이 밝게 말했다.

고개를 끄덕인 곤이 앞장서서 걷기 시작했다.

*　　　*　　　*

수컷만큼이나, 아니, 수컷보다도 훨씬 두꺼운 팔과 다리의 근육, 잘 발달한 등 근육은 수백 년을 살아온 고목이라고 하더라도 단숨에 쪼개 버릴 듯했다.

하지만 오크는 수컷이 아니었다. 다른 암컷들처럼 가슴을 상의로 가리고 있었다. 비록 암컷임에도 그녀에게서 뿜어져 나오는 투기는 대단했다.

그녀는 황색 오크 마을의 족장이던 그루젤리의 딸 코이였다.

코이의 눈앞은 묘지였다. 비석이 세워져 있고, 하나하나 오크들의 이름이 새겨져 있다.

본래 오크들의 장례 풍습은 화장이다. 하지만 황색 오크 마을의 오크들은 단 한 명의 시신도 수습하지 못했다. 그들을 기리기 위해서 묘지를 만든 것이다.

샤먼 살롱쿠기, 벼락의 전사 퉁고, 정화의 전사 헝거스, 그녀의 친구인 구루구루, 수많은 오크의 이름이 새겨진 비석이 가지런하게 박혀 있다.

오크들만의 거대한 전쟁.

그 전쟁에서 살아남은 황색 오크는 오십 명이 채 되지 않았다. 대부분이 암컷과 어린 오크뿐이었다. 수컷은 겨우 세 명뿐.

나머지는 모두 죽었다.

따지고 보면 오십 명이라도 살아남은 것은 기적에 가까웠다. 만약 곤이 그들을 구출하지 않았다면 이마저도 살아남지 못했을 것이다.

들리는 소문으로는 오크의 도시 뮤질란이 멸망했다는 소리도 있었다.

오크의 도시 뮤질란.

찢어 죽여도 시원찮을 놈들이다. 그리고 이런 엄청난 사태를 몰고 온 볼튼 역시도.

마을의 오크 대부분이 이번 사태로 목숨을 잃었다. 그렇지만 코이는 슬퍼만 하고 있을 수 없었다. 다른 부족이 침입하거나 사나운 몬스터가 마을을 덮친다면 그 시각으로 끝장이었다.

최소한 코이만은 정신을 바짝 차리고 있어야 했다. 남은 마을 오크들만이라도 살려야 한다면.

"족장님."

어린 오크 솔론이 다급하게 다가왔다. 솔론은 마을 곳곳에서 작업하고 있는 오크들의 전령을 맡았다. 지금은 어린 오크라고 해서 개구쟁이처럼 쉴 때가 아니었다. 작은 손 하나라도 부족했다.

예전이라면 이 정도로 어린 오크는 곤에게 맡겨 훈련을 시켰을 테지만 지금은 그럴 수가 없었다. 그나마 곤에게 배운 도수도가 사장되지 않은 것이 다행이라면 다행이었다.

"왜 그러느냐?"

코이가 물었다. 본래 괄괄한 성격의 코이지만 족장이 되고 나서부터는 말투도 행동거지도 많이 바뀌었다. 예전에 비해서 침착해졌고, 족장으로서의 묵직한 기운이 감돌았다.

"그가, 아니, 그분이 오셨습니다."

"그분?"

황색 오크 부족은 이미 망한 것이나 마찬가지이다. 아주 간혹 찾아오던 근방의 오크 부족들도 비슷했다. 어떤 부족은 뮤질란에 의해서 마을이 통째로 사라졌다. 지금의 상황에서 서로 간에 왕래를 할 여유 따위는 없었다.

당연히 그분이라고 칭할 만한 오크도 없었다.

"그분이 오셨다니까요."

"그러니까 누구?"

"저, 저희 어린 오크들의 사부님이요. 아니, 은인이요."

어린 오크들의 사부라고 할 수 있는 인물은 단 한 명뿐이다. 그것은 인간을 지칭한다.

"곤?"

"네, 네, 맞습니다. 그분이 오셨습니다."

"저, 정말이냐?"

"네."

그동안 억지로 버티고 있던 코이의 목소리가 떨려왔다. 그가 왔다면, 그가 마을을 도와주러 왔다면 그것보다 든든한 지원군은 없었다.

하지만 그는 인간이다. 이곳에 오래 머물 수 없을 것이라 생각했다. 그럼에도 마음 한구석에는 그가 마을에 남아 있기를 기대해 본다.

"어디냐 있느냐?"

"마을 광장에 있습니다."

"그래, 어서 가보자꾸나."

코이와 솔론은 서둘러 묘지를 벗어나 마을 광장으로 향했다.

"곤, 도대체 어디에 있다 온 거야?"

"곤, 살아 있었구나."

"곤……."

"곤……."

"곤……."

마을의 오크가 모두 모였다. 그 일이 터지기 전까지 곤을 무시하던 마을의 장로들도, 볼튼을 더욱 믿고 따르던 성인 오크들도 곤에게 모여들었다.

그들은 하나같이 곤의 손을 잡고 엉엉 울었다. 잘못했노라며, 정말 고맙다며.

"괜찮습니다. 저는 할 일을 했을 뿐입니다."

곤은 깊은 한숨을 내쉬며 말했다. 슬쩍 둘러보았을 뿐인데, 마을 인구는 1/5로 줄었다. 성인 수컷들은 거의 볼 수가 없었다. 이런 상태라면 종족의 보존에 심각한 타격을 입는다. 그나마 다행인 것은 어린 오크가 아직 상당수 남아 있다는 것이다.

대략 스무 마리 정도.

남녀의 비율은 비슷했다.

곤에게 도수도를 배운 몇몇 아이도 있었다. 훗날 이들이 훌륭하게만 자라준다면 마을은 어느 정도 유지될 듯싶었다.

그렇지만 인구수가 너무나 적었다. 막말로 오거 한 마리만 이곳에 침입한다면 마을은 끝장날 것이다. 이들로써는 오거를 막기란 거의 불가능했다.

"곤……."

낯익은 목소리가 들렸다. 곤은 목소리가 들리는 방향으로 고개를 돌렸다. 코이가 슬픈 눈으로 그를 바라보고 있다.

"코이."

코이가 매우 느리게 곤에게 다가갔다. 항상 씩씩하던 코이가 아니었다. 발을 질질 끌며 억지로 무엇인가를 참아내는 듯한 모습이다.

"이 자식아! 왜 이제 왔어!"

코이는 곤을 가슴을 향해서 주먹을 날렸다.

퍽!

"저런!"

안드리안과 씽이 나서려고 했다. 곤은 손을 들어 그들을 만류했다. 내가 알아서 할 테니 가만있으라는 의미였다.

"왜 이제 왔냐고~!"

코이가 계속해서 곤의 가슴을 쳤지만 아프지는 않았다. 그녀의 주먹에서 지독한 슬픔이 전달됐다.

"얼마나… 얼마나 기다렸는데……."

끝내 코이가 무너졌다. 누구에게도 보여줄 수 없던 모습이다.

곤은 손을 뻗어 코이의 등을 두드려 주었다. 거구의 코이가 곤의 품에 안겨 있는 모습은 불균형적이었다. 그럼에도 묘하게 어울리는 느낌도 있었다.

"어어어어엉~!"

봇물이 터지듯 한번 터진 울음은 한참이나 지속되었다. 모두가 눈물을 훌쩍이며 그런 곤과 코이를 지켜보았다.

얼마나 울었을까.

코이가 곤의 가슴에서 얼굴을 뗐다. 언제 그랬냐는 듯 그녀는 활짝 웃고 있었다.

"이것 참, 못난 꼴을 보였네. 곤, 다시 정식으로 인사하자. 오랜만이야."

"그러게. 오랜만이네."

"음, 할 말이 있어서 온 거지?"

곤이 언젠가 오크의 마을을 떠날 것이라는 것은 공공연한 사실이었다. 아무리 오크들과 사이가 좋은 곤이지만 그는 인간이었다.

인간은 인간끼리, 엘프는 엘프끼리, 드워프는 드워프끼리, 그리고 오크는 오크끼리 사는 것이 가장 좋았다. 그것은 불변이다.

곤은 마을을 구해주고 떠났다. 왜 떠났는지는 알 수가 없었다. 코이가 그를 마지막으로 본 것은 코일코를 찾아서 오크의 도시 뮤질란으로 떠났을 때였으니까.

그리고 짧지도 길지도 않은 시간이 지난 지금,

곤은 몇몇 친구와 함께 이곳을 찾았다. 그의 친구 중에는 코일코가 없었다.

그것이 무엇을 의미하는지 코이가 모를 리 없었다. 단지 자신의 입 밖으로 그 말을 도저히 할 수 없었을 뿐이다.

"내 막사로 가자."

곤은 고개를 끄덕였다.

코이가 앞장섰고, 곤과 에리카, 씽, 안드리안이 약간의 거리를 두고 뒤쫓았다. 마을 오크들은 생업으로 돌아가지 않았다. 모두가 궁금한 표정으로 멀찌감치 떨어져 뒤따랐다.

코이가 살던 곳은 예전의 막사 그대로였다. 물론 그녀의 집에 들어가는 것은 처음이지만.

"자리에 앉아. 대접할 것은 물 정도밖에 없네. 미안해."

"그거라도 감지덕지야. 고마워."

곤은 자리에 앉았다. 그리고 코이의 막사를 훑어보았다. 곳곳에 그녀의 아버지가 남긴 물품이 걸려 있다. 아마도 죽은 그루젤리의 유품을 이곳으로 옮긴 것이리라.

코이는 막사 중앙에 있는 화롯불을 이용해 물을 끓인 후 향이 좋은 찻잎 두 개를 띄웠다. 오크들이 자주 마시는 오솔리나의 잎사귀다. 향이 무척이나 진하지만 깊은 맛이 있어 곤도 즐겨 마시던 차다.

코이는 곤의 앞에 차를 두었다.

곤은 차를 들어 아주 조금씩 차를 비웠다. 차를 반이나 비웠지만 둘은 아무런 말도 하지 않았다. 그저 묵묵히 서로를 바라보지도 않은 채 차만 마실 뿐이다.

가까이 있지만 둘의 거리는 멀었다.

그들의 침묵만큼.

서로가 아무리 팔을 뻗어도 닿을 수 없는 거리였다. 둘 모두 그것이 뜻하는 바가 무엇인지 알고 있었다.

단지 말로 표현을 하고 싶지 않을 뿐이다.

그들이 살아온 모든 것이 물거품처럼 사라지는 것이 두려웠다.

그래도 누군가 먼저 입을 열어야 했다. 이제는 서로가 각자 다른 길을 가야 함을 알고 있기에.

곤은 찻잔을 내려놓았다.

그가 먼저 먼 길을 떠나려고 한다. 그는 천천히 입술을 벌렸다.

무척이나 잔인한 말이 튀어나올 것이다. 코이는 양손으로 무릎 위에 놓인 천을 꽉 쥐었다. 그렇게라도 하지 않으면 제정신으로 참아낼 수 없을 것만 같았다.

"코일코는……."

그 뒷말은 알고 있다.

코이는 '제발 하지 마'라고 외치고 싶었다. 그 말은 듣고 싶지 않다고. 눈을 감고 싶었다. 머릿속에는 아직도 어린 동생이 뛰어놀던 모습이 선했다.

"…죽었어."

"그, 그래."

이미 예상하고 있던 이야기. 마음의 준비를 단단히 했음에도 코이는 쓰러질 것만 같았다. 머릿속이 하얘졌고 눈동자가 안개가 낀 것처럼 뿌옇게 변했다.

"너는… 떠날 거지?"

"떠나야지."

조금의 지체도 없는 답변.

이 말 역시 예상하고 있었지만 온몸의 힘이 쭉 빠지는 느낌
이다.

"이곳에서… 우리와 같이 살지 않을래?"

안 된다는 것을 알면서도 코이는 혹시나 하는 마음에 억지
로 곤을 붙잡았다.

"미안."

곤은 고개를 흔들었다.

"이곳에 있으면 마음이 아파. 마음이 약해져. 그래서 이곳
에 있을 수 없어."

"그렇구나. 그럼 어디로 가려고?"

"어디든, 어디든 가서……."

코일코가 말한 '엿 같은 세상을 다 쓸어버릴 거야'라는 말
은 목구멍으로 삼켰다. 다른 것은 몰라도 이 사실 하나만큼은
곤이 죽을 때까지 혼자서 가져가야 할 말이었다.

"다시 돌아오지 않을 거지?"

"아마도."

곤이 마을로 돌아온 것은 마지막 작별 인사를 하기 위해서
였다. 황색 오크 마을의 오크들과 코일코와의 좋은 추억을 마
음속에서 떠나보내기 위해서. 그렇게 할 수밖에 없었다.

코일코가 바라는 세상을 이뤄주기 위해서는 정을 끊어야

했다.

너무도 사랑하는 혜인조차도 잠시 잊기로 했다. 반드시 그
녀에게 돌아간다는 명제만 잊지 않을 셈이다. 모든 일이 끝나
는 순간, 그때 혜인에게 돌아갈 것이다.

"언제 떠날 거야?"

"이제 떠나야지."

"시, 식사라도 하고 가지."

코이는 필사적으로 곤을 붙잡았다. 이대로 떠나면 다시 볼
수 없는 사람이기에. 그가 떠나면 또다시 혼자 남을 수밖에
없다는 불안감 때문에.

그렇지만 곤은 고개를 흔들었다.

그런 곤의 모습에 서운했다.

"그런데 살롱쿠기의 보호막은 왜 작동 안 하지?"

"응, 이제 우리 부족에는 샤먼이 없어. 살롱쿠기의 보호막
을 다시 작동할 수 없어."

이제껏 마을을 보호하는 데 가장 큰 역할을 하던 살롱쿠기
의 보호막이다. 하지만 그것을 볼튼이 부숴 버렸다. 살롱쿠기
가 없는 이상 다시 복구할 수 없었다.

황색 오크 부족의 오크들은 바람 앞의 촛불이라고 할 수 있
었다. 그만큼 큰 위험에 노출되어 있었다.

"나가자. 내가 손을 보지."

"네가? 어떻게?"

코이는 고개를 갸웃거렸다. 곤이 살롱쿠기에게 샤먼의 기술에 대해서 배운 것은 알고 있다. 정령과의 계약도 성공했고. 하지만 그는 큰 성취를 이루지 못했다. 이룰 수가 없었다. 사냥의 계절을 틈타 뮤질란의 침공이 시작됐으니까.

"나라면 할 수 있을 거야. 걱정하지 마."

코이는 곤을 데리고 밖으로 나왔다. 보호막을 가동하던 매개체인 석상들은 이미 반파되어서 소용이 없었다. 마력 자체가 사라져 석상들을 소생시키기란 불가능에 가까웠다.

곤은 자신이 살던 막사로 들어가 깎아두었던 목각 인형을 가지고 나왔다. 그리고 목각 인형의 등에 부적들을 붙였다. 엘렌의 에어십을 타고 있는 동안 틈틈이 만들어둔 부적이다. 솔직히 말하면 황색 오크 마을이 처한 상황을 예측하고 만든 부적이기도 했다.

"저게 뭐지?"

안드리안이 씽에 물었다. 그나마 곤과 가장 오래 알고 지낸 씽이 부적에 대해서 알고 있지 않을까 하여 물어본 것이다.

씽은 어깨를 으쓱거렸다. 모른다는 의미이다. 아무도 곤의 행동이 무엇을 의미하는지 알 수 없기에 모두는 말없이 지켜보고만 있었다.

매개체의 자리를 지정한 곤은 남은 부적을 하늘에 던졌다.

"재앙술 5식, 사자(死者)의 방벽(防壁)."

부적이 불꽃에 휩싸이며 허공에 흩어졌다. 그와 함께 마을 전체에 진동이 울리기 시작했다. 갑작스러운 이상 현상에 오크들은 두려운 눈으로 주위를 훑어보았다. 살아남은 수컷 오크들은 검을 꺼내기도 했다.

진동은 계속되었고, 이윽고 바닥에서 뭔가가 불쑥불쑥 튀어나오기 시작했다. 녹슨 칼과 방패를 들고 반쯤 부서진 갑주를 입은 스켈리톤들. 다른 언데드와 조금 다른 점은 스켈리톤의 다리가 나무뿌리처럼 흙바닥에 강건하게 고정되어 있다는 것이다.

거기서 끝이 아니었다. 수십, 아니, 수백, 그것도 아니었다. 수천 마리의 스켈리톤이 더 소환되며 하나의 방벽을 만들어 버렸다. 빈 틈새를 스켈리톤의 뼈가 빼곡하게 채웠다.

스켈리톤으로만 만들어진 뼈의 방벽.

그 기괴함은 이루 말로 할 수가 없었다.

"저, 저게 뭐야?"

안드리안을 비롯하여 모두가 놀라서 입을 다물지 못했다.

마을의 둘레로만 치자면 수 킬로미터가 넘는다. 그것을 모조리 스켈리톤의 방벽으로 막아버린 것이다. 얼마나 많은 마력이 필요할지 짐작도 가지 않았다.

"아직 부족해."

이것도 부족해?

오크들조차 경악을 금치 못했다.

"펑펑."

"예이, 나리. 오랜만이야."

녹색의 물의 요정 펑펑이 오랜만에 모습을 드러냈다. 곤이 의식을 잃고 있는 동안 펑펑은 마음껏 마력을 흡수했다. 지금의 펑펑은 예전과 미묘하게 달라져 있었다. 눈동자에 자신감이 확실하게 떠올랐다.

"사자의 방벽을 독으로 감싸겠다. 가능할까?"

"으메, 어마어마하게 크네. 음, 그래도 뭐 어렵지 않을 것 같은데."

"그럼 부탁해."

"오케바리."

"재앙술 4식 포이즌 미스트(Poison mist)."

주문과 함께 곤의 손에서 녹색 기운이 줄기줄기 흘러나왔다. 그것이 무척이나 위험하다는 것은 보는 이들 모두 알 수가 있었다. 오크들은 본능적으로 뒤로 물러났다.

연기는 움직이는 생물처럼 슬금슬금 움직였다. 그것이 사자의 방벽을 천천히 휘감았다. 연기가 내뿜는 기운은 흉포하고 잔인했다. 단숨에 무엇이라도 찢어 죽일 것만 같은 광포함.

"케헤헤헤, 여기서 끝나면 섭하지! 증폭!"

평펑의 능력이 발휘되었다. 그녀의 주문과 함께 사자의 방벽에서 머물던 포이즌 미스트가 사방으로 쫙 퍼져 나갔다. 엄청난 속도로 뻗어 나갔다. 수 킬로미터에 달하는 사자의 방벽을 포이즌 미스트는 눈 깜짝할 사이에 점령했다.

"이걸로 마을의 침입을 막는 거야?"

안드리안이 조심스럽게 다가와 곤에게 물었다.

"네."

곤은 고개를 끄덕였다.

"겉으로 보기에는 단단해 보이기는 하다만, 효과는 어때?"

"대군이 몰려오지 않는 한 절대적입니다."

"그 정도야?"

"네."

수만 마리의 스켈리톤이 합쳐져 만들어진 방벽이라니. 아직도 곤이라는 사내의 끝이 어디까지인지 이해가 되지 않았다. 점점 더 그와의 실력 차이가 늘어나는 듯했다. 수련을 마치고 돌아왔을 때는 그나마 줄어든 것 같았는데 이제는 쳐다보지도 못할 나무가 되었다.

크르르르.

멀리서 길을 잃은 트롤 한 마리가 마을로 어슬렁거리며 다가왔다. 트롤은 오거보다는 강하지 않지만 흉포하기로는 둘

째가라면 서러워할 정도이다.

아직까지 마을이 온전한 것은 몬스터들의 대규모 습격이 없었기 때문이다. 저렇듯 한 마리씩 마을 주변을 어슬렁거리면 망을 보고 있던 성인 오크들이 암컷과 어린 오크들을 재빨리 피신시켰다.

그런 일이 지금까지 반복되고 있었다.

하지만 이제 강력한 방벽이 세워졌으니 몬스터들의 습격을 걱정할 필요가 없어졌다. 하나 방벽의 위력을 알고 싶었다. 때마침 트롤이 나타난 덕분에 방벽의 위력을 체험할 수 있게 된 것이다.

커다란 방망이를 들고 있던 트롤은 스켈리톤 방벽을 가만히 지켜보았다. 얼마 전 이곳에 왔을 때는 보지 못한 기이하게 생긴 방벽이다. 왜 이런 것이 있는지 짜증이 나는 트롤이었다.

트롤은 한 방에 방벽을 부수기로 마음먹었다. 트롤은 거대한 방망이를 머리 위로 들어 올렸다.

그때였다.

숨을 죽이고 있던 스켈리톤들이 일제히 트롤을 찔렀다. 눈, 입, 두개골, 목, 심장, 하복부, 허벅지, 다리, 종아리, 발등까지. 수십 개의 녹슨 검이 트롤의 육신을 난도질했다.

쿠오오오!

트롤은 고통스러운 듯 비명을 질렀다. 아무리 재생력이 강한 트롤이라고 하더라도 지금처럼 온몸을 난도질당하면 제대로 버티기 힘들었다.

문제는 거기서 끝난 것이 아니었다.

치이이익―

벽에 닿은 트롤의 몸이 녹아내리기 시작한 것이다.

쿠에에에엑!

상체부터 하체까지 동시에 물처럼 녹아내렸다. 단 몇 분이 되지 않아 트롤의 육체는 녹색의 진물이 되어 완전히 사라졌다.

안드리안과 씽, 에리카, 코이, 오크들은 잔혹하고도 놀라운 광경을 목격했다.

"우와아아아! 대단하다!"

"역시 곤이야! 우리의 희망인 곤이라고!"

입만 벌리고 있던 오크들은 이내 엄청난 환호성을 내질렀다. 아직 몇몇은 곤이 자신들과 함께할 것이라고 여기는 모양이었다.

"고마워. 너는 우리의 칸이야."

코이가 다가오며 말했다.

칸은 용자 중의 용자를 뜻하는 말로 오크에게는 최고의 찬사였다.

황색 오크 마을에서는 탄생한 적이 없다는 용자 중의 용자 칸.

곤은 코이에게 정식으로 칸이란 칭호를 받게 된 것이다.

"칸 곤! 칸 곤! 칸 곤!"

코이의 말을 들은 오크들이 양손을 들리고 '칸 곤'을 연호했다. 이제껏 생존에만 급급해하던 그들의 열기는 무척이나 뜨거웠다.

그러나 이제는 서로가 헤어질 때였다. 곤은 그들의 환대에 마냥 기뻐할 수만은 없었다.

곤은 자신을 연호하는 오크들을 보며 하고 싶지 않은 말을 내뱉었다.

믿을 수 없다는 듯 오크들이 얼음처럼 굳어버렸다.

사자의 장벽은 마을로 들어서려는 어떤 누구를 막론하고 무차별적으로 공격한다. 그렇기에 마을 오크들도 마을로 들어설 수가 없었다. 하지만 방법이 없는 것은 아니었다. 곤은 자신이 깎아서 만든 목각 인형을 매개체로 삼았다. 매개체는 최대 천 명까지 오크들을 인식할 수 있었다.

즉 황색 오크들의 인구가 천 명 이상이 되지 않는 한 안전하다는 말이다.

마을로 들어서는 입구의 사자의 장벽도 마을 오크들을 인식하고 문을 열고 닫을 수 있었다. 거기서 그치지 않았다. 부서진 석상을 복구해 가디언으로서 사용할 수 있게 하였다.

재앙술 7식까지 익히면 마법과 물리적인 내성을 동시에 가진 가디언을 생성할 수가 있었다. 더해서 무한 재생이 가능했다.

하지만 아직 곤은 재앙술 7식을 익히지 못했다. 그가 사용할 수 있는 재앙술은 5식까지였다.

하여 그의 가디언은 영구적인 것이 아니었다. 오직 물리적인 공격만 가능했으며 재생도 불가능했다. 그러나 완파만 당하지 않으면 20년까지도 사용이 가능했다.

이 정도라면 어지간한 몬스터의 침입은 너끈하게 막아낼 수 있을 것이다.

곤이 해줄 수 있는 최대한의 노력이었다.

곤과 안드리안, 씽, 에리카가 마을을 나섰다.

"그럼 안녕히……."

"몸조심해."

코이는 넘치려는 눈물을 억지로 참으며 말했다. 지금도 그를 잡고 싶은 마음이 굴뚝같았다. 잡을 수 없다는 것을 알면서도.

곤은 등을 돌렸다. 이제 그는 다시 돌아오지 않을 것이다. 뒤돌아보는 일도 결코 없을 것이다. 다시는 못 볼 얼굴. 코이는 손을 뻗으려다 주먹을 꽉 오므렸다.

그녀의 등 뒤에서 오크들의 소리 죽여 우는 소리가 들렸다.

곤, 아니 칸.

당신이 가는 길에 주신의 영광이 있기를…….

Chapter 7. Episode of 불킨

아슬란 왕국으로 향하는 길에는 식신이 된 불킨의 고향이 있다. 굳이 고향에 들르기 싫다면 몇 시간만 우회하면 된다. 고향은 그에게 고통을 안겨준 곳이지 좋은 추억을 떠올리게 하는 곳이 아니었다.

그가 상인이던 시절, 가장 친한 친구이던 조엘에게 가족을 부탁할 때가 많았다. 마을에서도 예쁘기로 소문난 막냇동생 슈, 새침때기로 유명한 둘째 혜리, 건강하지는 않지만 자식들을 위해서 꿋꿋하게 일하시는 어머니.

비록 네 식구는 풍족하지는 않지만 누군가에게 손을 벌리지 않고 나름 행복하게 살았다.

단, 불킨이 상인들의 호위를 하며 자주 집을 비워야 하는
때가 많았기에 가장 친한 친구인 조엘에게 가족을 부탁했다.
여자들만이 있는 집이기에 조금은 불안했다.

조엘은 불킨이 입을 떼기 시작할 때부터 알고 지낸 친구다.
그래서 그런지 둘은 너무도 잘 통했고, 그 우정은 영원할 것
이라 믿었다.

그래서 그런지 막냇동생인 슈는 '나는 조엘 오빠에게 시집
가야지'라고 말할 때도 있었다.

그만큼 조엘은 불킨의 가족과 가까웠다.

그 일이 벌어지기 전에도 불킨은 변함없이 조엘을 믿었다.
불킨은 가족들과 저녁 식사를 하고 일찍 잠자리에 들었다. 가
족이 모두 잠든 새벽에 일어나 그는 상인들과 함께 마을을 떠
났다.

그것이 불행의 시작이었다.

인체 조각가, 인체 수집가.

어떤 직업을 지칭하는 말이 아니다. 돈이 많은 귀족들은
세상의 모든 쾌락을 맛봤다고 해도 과언이 아니다. 다중 성
교, 이종 성교, 다신교, 이교도, 신체 절단, 시간(屍姦), 마약
중독 등 이루 헤아릴 수 없는 변태적인 행위를 모두 섭렵한

자들이다.

돈은 많고 할 일은 없다.

돈으로 할 수 있는 일이라면 세상에 알려진 거의 모든 것에 손을 대봤다.

그것들이 질리기 시작하면 귀족들은 컬렉터가 된다. 그중에서도 가장 역겨운 컬렉터가 바로 인체 조각가와 인체 수집가였다.

인체 조각가는 아름다운 여인, 추한 여인, 노파, 어린아이 등을 가리지 않고 사들여 자신의 취향에 맞게 박제하는 것이다.

문제는 박제가 된 사람들이 살아 있다는 것이다.

사람을 마법으로 정신만 살려놓고 육체를 완전히 죽여서 많은 기구로 자신의 취향에 맞게 개조했다. 그 종류는 족히 수백 가지였다.

간단히 예를 들자면 이런 것이다. 인간의 머리를 잘라 개의 육체와 합치는 것이다. 키메라와는 다른 완전히 혐오스런 일이 아닐 수 없었다.

차라리 움직일 수라도 있으면 좋으련만 대부분의 조각된 인간들은 귀족들의 성에 그림처럼 장식되었다. 귀족들은 비슷한 취향을 가진 친우들을 불러 조각된 그들을 구경시켰다.

정신은 멀쩡하게 살아 있는 인간을.

인체 수집가도 인체 조각가와 비슷했다.

인체 수집가는 인체의 한 조각을 원하는 것이 아니었다. 그들은 대체로 한 종족을 원했다. 특히 멸종 위기에 처한 종족들을. 인간 중에는 수많은 종족이 존재했다.

목이 긴 쿠르트족, 여자의 발을 묶어 걸어 다닐 수 없게 하는 훈족, 태어나면서 한쪽 눈을 없애 퇴마를 할 수 있게 한다는 샤르민족 등. 세상에는 아류종 외에도 수많은 인간의 종족이 있었다.

인체 수집가는 그런 종족들을 원하는 것이다. 그들을 한꺼번에 잡아 와 그대로 박제를 만들었다. 영원히 살 수 있도록 내장은 끄집어내고 육체를 고정시킨 후 입과 눈동자, 뇌만 움직일 수 있도록 하는 것이다.

인체 조각가 고고론 백작. 본래 제국 출신 귀족이지만 막대한 정보를 아슬란 왕국으로 빼돌린 덕에 백작의 작위와 넓은 영토, 막강한 권력을 이양받은 인물이다.

그는 영토 내에서만큼은 왕에 버금가는 무시무시한 권력을 휘둘렀다.

그리고 그런 고고론 백작에게 불킨의 가족을 팔아치운 사람은 믿고 있던 친구 조엘이었다.

마을로 돌아왔을 때, 마을 사람들이 쉬쉬하는 분위기를 보았을 때도 설마 가족들이 팔려 갔으리라고는 생각도 못 했다.

조엘이 고고론 백작에게 얼마에 가족들을 팔아치웠는지는 모른다. 이성을 잃은 불킨은 무조건 고고론 백작의 성으로 가서 가족을 돌려달라고 애원했다.

당연한 말이지만 고고론 백작이 가족을 돌려줄 리 없었다. 그에게 둘째 동생 헤리와 막냇동생 슈는 숫처녀로서 군침을 흘릴 만한 재료였으니까.

불킨이 그것을 알 리 없었다. 돈은 얼마든지 벌어오겠으니 제발 가족들을 돌려달라고 눈물로 빌었다.

고고론은 말했다.

"나는 자네의 가족을 정당하게 가격을 치르고 하녀로 고용했네. 잘못된 일이 있는가?"

고용이라고 하지만 노예 매매와 다를 바 없었다. 아슬란 왕국은 법으로 엄격히 노예 매매를 금지하고 있지만 귀족들에게는 논외인 법이었다. 사람들의 시선 때문에 노예를 거래하지는 않지만 저런 식으로 편법을 쓰는 것이다.

그리고 고고론이 심각한 중증 변태라는 것은 그가 다스리는 영지에 쫙 퍼진 상태였다. 성 근처에서 육신이 분리된 여성의 시체가 발견된 적이 상당히 많이 때문이다. 한을 품은 그들은 언데드가 되어 마을 사람들을 습격하기도 했다.

"제발 돌려주십시오. 제발."

어머니와 두 여동생이 그렇게 되는 꼴을 죽어도 볼 수 없었다. 불킨은 머리를 바닥에 찧으며 울부짖었다.

"하아, 난감하구만. 그럼 이렇게 함세. 내가 세 명의 하녀에게 지출한 금액이 자그마치 200골드일세. 그것을 가져오게. 그럼 자네의 식솔을 돌려보내 주겠네."

거짓말이다.

하녀의 임금은 매우 적었다. 일 년 내내 저택에서 일을 해봤자 1골드를 손에 쥐기 힘들었다. 어머니와 두 동생에게 200골드나 투자했다는 것은 명백한 거짓말이었다.

하지만 당시의 불킨은 이성을 잃은 상태였다. 우선 가족의 안전이 가장 중요했다.

불킨은 외칠 수밖에 없었다.

"가져오겠습니다! 200골드, 반드시 가져오겠습니다!"

"알았네. 기한은 1년이네. 그럼 자네의 식솔을 무사히 보내주겠네."

"알겠습니다. 감사합니다. 감사합니다."

불킨은 고고론에게 고마워했다. 시간을 주어서 감사하다고.

하지만 고고론의 입장에서는 불킨을 철저하게 이용해 먹은 것에 지나지 않았다.

우선 인간의 육신을 조각하기 위해서는 특별한 약물에 반년쯤 담가둬야 한다. 그 약물은 피부를 미끈하게 하고 솜털을 모두 제거해 준다. 또한 육체를 고무처럼 탄력 있게 만들어준다.

그렇게 약물에 의해서 완성된 육체는 고고론의 조각칼에 깨끗하게 절단된다. 피 한 방울 흘러나오지 않고 산 채로 조각되는 것이다.

하지만 반년 정도 요양을 취하게 되면 피부는 본래대로 돌아오게 된다.

즉 약속한 시간 안에 불킨이 돈을 가져오면 200골드라는 노예 수십 명을 살 수 있는 상당한 금액을 벌 수 있는 것이고, 못 가져오면 그대로 예쁘장한 여성들을 조각하여 그의 전시장에 걸어놓으면 그만인 것이다.

그렇게 5년의 시간이 지났다.

"여기가 자네의 고향인가?"

퍼쉬가 주위를 돌아보며 물었다. 아슬란 왕국은 다른 나라에 비해서 평판이 좋았다. 대부분의 귀족이 80퍼센트나 되는 세금을 가져가지만 아슬란 왕국은 60퍼센트 이하였다. 일단은 국민이 입에 풀칠은 할 수 있는 것이다. 성격이 좋은 대귀족의 영지에서는 세금을 40퍼센트밖에 가져가지 않는다는 소문도 있었다.

다른 왕국의 비해서 백성의 충성도가 훨씬 높을 수밖에 없는 이유였다.

하지만 불킨의 고향은 다른 왕국의 영지와 별반 다를 것이 없어 보였다.

농기구를 들고 있는 영지민은 의욕이 없고 눈빛은 죽어 있었다. 외지인이 왔음에도 경계하지 않았다. 몇몇 사람들은 집 앞 나무로 만든 의자에 앉아 점심도 되지 않은 시간에 술을 마셨다.

황량하다.

"이거 원 아무리 변방이라지만 아슬란 왕국의 이름과는 사뭇 다르군."

퍼쉬가 혀를 찼다.

"그나저나 어디로 갈 텐가? 가족은 지금 영주에게 볼모로 잡혀 있다고 하지 않았는가?"

체일이 물었다. 식신이 되고 나서 그들은 한층 친해졌다. 종종 서로의 속마음을 털어놓기도 했다. 인체 조각가에게 가족이 팔려 갔다는 것까지는 말하지 못했지만 귀족 누군가에게 잡혀 있다는 얘기까지는 한 기억이 있다.

불킨의 주머니에 있는 돈은 10골드. 안드리안이 접경 장소까지 가면서 숙식을 해결하라며 맡긴 돈이다. 사실 그가 5년간 용병 생활을 하면서 얻은 돈은 1골드가 채 되지 않았다. 하급 용병이기에 애초에 수당이 높게 책정되지 않은 것이다.

그러고 보면 5년간 살아남은 것은 기적에 가까웠다. 만약 곤과 안드리안을 만나지 않았더라면 지금쯤 대륙의 벌판 어느 곳에서 쓰러져 백골이 되어 있을지도 모른다.

곤을 생각할 때마다 충성심이 더욱 샘솟는 불킨이다.

어쨌든 지금의 그는 고고론 백작에게 갈 수 없었다. 가서 가족들의 얼굴이라도 확인하고 싶었지만 차마 염치가 없었다.

"영주에게 가보게나. 가족들이 많이 보고 싶을 텐데."

"후, 잘 모르겠군. 실컷 큰소리만 치고 돈은 하나도 모으지 못했으니."

"그래도 모르니 한번 가보세. 우리도 같이 가겠네. 오늘은 늦었으니 식사부터 하세. 깨끗하게 목욕도 하고 면도도 하고 옷 좀 깔끔하게 갈아입고 가면 영주도 가족들을 만나게 해줄 걸세."

"그럴까?"

불킨은 멀리 보이는 고고론 백작의 성을 보았다. 날씨가 좋지 않은지 석양에 비친 고고론 백작의 성은 짙은 안개에 휩싸여 있는 듯했다.

저곳에 어머니와 두 동생이 있다. 그녀들을 생각하자 먹먹하던 가슴에 미칠 듯한 그리움이 생겨났다. 지금까지는 억지로 눌러놓았던 그리움이 용솟음치듯, 봇물이 터지듯 솟구쳤다.

"그래, 내일 일찍 가보자."

불킨은 주먹을 말아 쥐었다. 그의 어깨를 퍼쉬와 체일이 손을 뻗어 감싸며 말했다.

"잘 생각했어. 마스터가 말씀하셨잖아. 여행이 끝나면 고향으로 돌아가 여우 같은 마누라를 얻고 토끼 같은 자식들 낳으라고. 이참에 여우 같은 마누라가 어디 있는지도 한번 알아봐."

"후후, 참으로 실없는 소리를 하는군."

친구들 덕분에 불킨은 기분이 좋아졌다. 내일이면 잠시나마 가족들의 얼굴을 볼 수 있다는 생각에 항상 딱딱하던 얼굴 근육도 조금이나마 풀어졌다.

그들은 주변의 허름한 여관을 잡았다. 식신들이 가진 돈이라면 훨씬 비싼 여관을 잡을 수 있었지만 그들은 그리하지 않았다.

안드리안에게 받은 돈은 자신들의 것이 아니라 생각하기 때문이다. 그 돈은 곤의 수중에서 나온 것이다. 하니 절대적으로 아껴 써야 한다는 전제가 깔려 있었다.

보는 사람이 없기에, 쓸 만큼 쓰라고 준 돈이기에 다른 사람이라면 그 기준에 맞춰서 행동할 것이다.

하지만 식신들은 곤에게 맹목적으로 충성심을 바친다. 그렇기에 행할 수 있는 행동이었다.

그들은 허름한 여관에 짐을 풀고 간단하게 저녁을 먹으러 밖으로 나왔다. 사실 식신들은 거의 식사가 필요치 않았다. 그들에게 필요한 것은 인간의 고기와 피였다.

지금 그들은 인간의 피와 고기를 먹지 않고 버티고 있다. 아무리 식신이라고 하더라도 에너지원이 없으면 움직이기가 쉽지 않았다. 하여 그들은 약간의 음식을 섭취하여 인간의 고기와 피 대신 에너지원으로 쓰고 있었다.

물론 술도 한잔하고 싶었다.

식신이 된 이후로 육체는 엄청나게 강화됐지만 인간일 적의 감각이 많이 사라진 것을 깨달았다. 특히 음주가 그러했다.

아무리 술을 마셔도 취하지 않았다. 술맛을 느끼지도 못했다.

그렇다면 술을 마실 필요가 없는 것이다. 하나 그들에게 필요한 것은 술을 마셔서 취한다는 행위가 아니었다. 술을 마시면서 얘기를 할 수 있다는 행위 자체가 중요했다.

여관을 나온 그들은 근처 술집에 들렀다. 이곳에서 유흥가가 없고 듬성듬성 낡은 여관과 술집만 보일 뿐이다. 식신들에게는 골치 아픈 선택을 할 필요가 없었다. 그저 눈에 보이는 곳에 들어가면 되니까.

식당 안은 넓지만 퀴퀴한 냄새가 났다. 소변 냄새 같기도 했고 곰팡이 냄새가 나는 것 같기도 했다.

불킨은 잠시 얼굴을 찡그렸지만 그냥 앉기로 했다. 다른 식당까지 가려면 상당히 걸어야 했다. 귀찮았다.

그들은 널찍한 탁자에 자리를 잡았다. 탁자 본래의 색이 변할 정도로 바닥이 반들반들했다. 탁자 위로 정체를 알 수 없는 벌레가 지나갔다.

슉—

퍼쉬의 혀가 쭉 늘어나더니 벌레를 휘감은 후 꿀꺽 삼켰다.

"사람들이 보면 어쩌려고?"

"안 봐. 이곳에 있는 사람들, 눈이 죽었어. 다른 사람에게 신경 쓸 여유 따위는 없다고. 보라고."

퍼쉬는 걱정하지 말라는 듯이 어깨를 으쓱거렸다. 그의 말대로 술집에 있는 사람들은 술을 마시기에 여념이 없었다. 마주하고 앉아 있는 일행과 대화를 나누는 것조차도 횟수가 적었다.

이들은 그저 술을 마시고 현실의 고단함을 잊고 싶을 뿐이었다.

뚱뚱하고 머리에 흰머리가 가득한 여종업원이 가장 값싼 밀주 한 병과 감자 수프를 불친절하게 탁자에 올려놓고는 자리로 돌아갔다. 감자 수프가 튀어 체일의 손등에 떨어졌다.

체일이 그녀를 부르려고 했다.

"참아, 참아. 괜한 분란 만들지 말자고."

퍼쉬가 체일에게 말했다.

"뭐 이딴 곳이 다 있어? 최소한의 사과도 없네."

체일은 손등에 묻은 감자 수프를 입술을 빨아들이며 불만을 터뜨렸다.

"그냥 먹어. 가볍게 한잔하고 들어가서 쉬자고."

퍼쉬는 웃으며 그의 등을 두드려 주었다.

밀주는 무척이나 맛이 없었다. 떫어서 목구멍으로 넘기기도 힘들었다. 감자 수프 역시 마찬가지. 그들은 얼마 먹지 않고 포크를 내려왔다.

식당의 불친절함과 형편없는 음식 맛에 실망한 그들이 의자에서 일어나려고 할 때였다.

한 무리의 사내들이 큰 소리를 내며 식당 안으로 들어왔다. 모두 세 명이었다. 한 명은 상당히 잘생긴 미남이었다. 금빛 머릿결을 부드럽게 넘겼고 치아가 희고 가지런했다. 얼굴에는 잡티 하나 보이지 않았다. 입은 옷도 꽤 고가였다. 마을 사람이 아니라면 그를 귀족이라고 오인할지도 몰랐다.

다른 두 명의 사내는 전형적인 건달이었다. 머리가 짧고 덩치가 컸다. 얼굴에는 두어 개의 자상이 있어 더욱 험상궂게 보였다.

건달들은 잘생긴 사내에게 간이라도 빼줄 듯이 아첨을 떨고 있었다.

"잠깐 앉자."

불킨은 자리에서 일어나려는 퍼쉬와 체일을 자리에 앉혔다. 퍼쉬와 체일은 의아하다는 표정으로 자리에 앉았다.

"왜?"

"저자."

불킨은 턱으로 미남을 가리켰다. 그리고 그가 자신을 볼 수 없게 고개를 돌렸다.

"저 사람, 뭐?"

"내 가족을 팔아치운 놈이다. 조엘이라고 하지."

"저자가?"

동료의 가족을 팔아치운 놈. 그들 셋은 예전보다 훨씬 강한 연대감으로 이어져 있었다. 그렇기에 느끼는 분노의 감정도 대단했다.

퍼쉬와 체일은 서늘한 눈빛으로 조엘이라는 자를 바라봤다. 이미 술을 한잔 거하게 했는지 조엘과 건달들은 식신들의 매서운 눈초리를 알아차리지 못했다.

불킨은 취하지도 않는 술을 단숨에 들이켰다. 속에서 뭔가가 부글부글 끓어올랐다.

가장 믿은 친구였기에 배신감은 더욱 컸다.

당시에는 조엘에게도 어떤 사정이 있었을 것이라 여겼다. 그렇지 않으면 그를 자식처럼 키워온 어머니와 같이 자란 동생들을 돈 몇 푼에 팔아치울 리 없다고.

애써 그렇게 자위했다.

하지만 놈은 지금까지 잘 먹고 잘살았다. 조엘이 입고 있는 옷만 봐도 그렇다. 평범한 영지민은 죽었다 깨어나도 입을 수 없는 옷이었다.

"여기서 가장 비싼 술로 내와!"

조엘과 건달들은 불킨의 뒷자리에 앉았다. 그들은 한 병에 1골드나 하는 위스키를 시켜서 물 마시듯이 들이켜며 힐끗힐끗 쳐다보는 사람들에게 뭘 쳐다보냐고 소리를 질렀다.

사람들은 고개를 숙인 후 다급히 식당을 빠져나갔다. 꽤나 거친 행패를 부렸지만 만류하는 사람은 아무도 없었다.

"이번 달에는 실적이 안 좋아!"

조엘이 큰 소리로 말했다. 어차피 식당 안에 남아 있는 사람들은 없었다. 모두 그가 쫓아냈으므로. 불킨과 퍼쉬, 체일이 남아 있었지만 고개를 숙이고 있기에 조엘은 신경도 쓰지 않았다.

아마도 겁을 먹고 있는 것으로 판단한 모양이다.

"그래도 세 명이나 잡지 않았습니까."

스킨헤드를 한 건달이 야비한 웃음을 지으며 조엘의 기분을 맞췄다.

"안 돼, 안 돼. 주인나리께서 그것으로는 만족하지 못하셔."

조엘이 걱정스럽다는 듯이 고개를 흔들었다.

조엘이 말한 주인나리. 그가 말하는 주인이란 고고엘 백작을 일컫는 말임을 불킨은 대번에 알아차렸다.

"고리대금을 더욱 올릴깝쇼?"

"돈이 문제가 아니야. 이미 마을에는 젊은 여성이 씨가 말랐어."

조엘이 불킨의 가족을 고고엘 백작에게 바친 그날 이후 그는 젊은 여자를 전문적으로 사냥하는 사냥꾼이 되었다. 납치해서 돈을 빌려주고 갚지 못하면 몸값으로 거지 굴에 있는 어린 소녀들을 모아서 고고엘 백작에게 바쳤다.

강간은 하면 안 되었다.

고고엘 백작은 순결한 여자를 좋아하니까.

그렇게 해서 5년간 바친 여자가 200명이 넘었다. 마을에 조엘이 여자를 납치해서 고고엘 백작에게 판다는 공공연한 비밀이 돌았다.

맞는 사실이었지만 고고엘 백작과 조엘의 횡포 때문에 감히 입을 여는 사람은 없었다.

그리고 어느 순간부터 마을에서 젊은 여자는 사라졌다. 딸이 있는 부모들은 아이가 첫 생리를 하기 전에 다른 마을로 시집을 보내 버렸다. 그렇게라도 하지 않으면 딸들은 마을에서 살아남을 수가 없었다.

"다른 마을로 가시죠. 아니면 산속에 숨어사는 화전민들을 습격하는 것도 나쁘지 않죠."

"그래야 하나. 더 이상 주인마님의 작품 활동을 방해하게 되면 큰 불똥이 떨어질 거야."

"그런데……."

짧은 머리의 건달이 목소리를 낮춰 물었다.

"작품이 된 여자들은 어떻게 되는 겁니까? 죽는 겁니까?"

"작품이 되지 못한 여자들은 폐기되지. 하지만 작품이 된 여자들은 영원히 살아."

조엘은 아무렇지도 않게 대답했다.

"영원히요?"

"그래, 작품 속에서 영원히."

빠직—

그 말을 듣는 순간 불킨은 자신도 모르게 들고 있던 술병을 깨뜨렸다. 서민들이 쓰는 그릇과 쟁반은 대부분 나무로 만들어져 있었다. 술병도 마찬가지였다. 불킨은 나무로 만들어진 술병을 악력으로 부숴 버린 것이다.

조엘과 건달들이 불킨이 앉아 있는 탁자를 바라봤다.

"아이고, 죄송합니다. 제 친구가 조금 취해서요."

퍼쉬는 그들에게 허리를 굽실거리며 사과했다. 그의 빠른 임기응변 덕에 조엘과 건달들은 별다른 의심을 하지 않고 고개를 돌렸다.

깊은 밤이 되었다.

몹시 달빛이 밝은 날이다.

이런 날은 피 맛도 좋을 것이다.

불킨과 퍼쉬, 체일은 조엘의 저택 근처에 다다랐다. 조엘의 저택은 쉽게 찾을 수가 있었다. 술에 취한 조엘의 뒤만 쫓아오면 됐으니까.

조엘의 집은 일반 영지민은 가질 수 없는 저택이었다. 2층으로 되어 있고 방만 해도 열 개가 넘었다. 메이드도 있었고 개인 무사도 고용했다.

모두 200명이 넘는 젊은 여자를 고고엘 백작에게 팔아서 쌓아 올린 그만의 성이었다.

뿌드드득!

조엘의 집을 지켜보던 불킨은 어금니를 강하게 물었다. 그의 대화에서 가족들이 살아 있지 않음을 느꼈다. 혹시나 하던 마지막 끈이 끊어진 것이다.

"오늘 저녁은……."

"…놈의 가족으로 하지."

불킨은 앞장서서 조엘의 집으로 향했다. 그의 주인은 인간의 육체를 탐하지 말라 하였다. 하지만 그들의 본질이 식신인이상 인간의 고기와 피를 마시지 못하면 점점 힘을 잃게 된다.

하여 주인은 인간 중에서도 가장 악질들을 처리할 수 있는 권한을 주었다.

그 첫 번째 인간이 조엘이다. 혹여 그의 가족은 죄가 없다고 말할지 모른다. 그러나 조엘이 빨아먹은 피로 먹고산 그의 가족이다. 그 또한 죄가 결코 가볍다고 말할 수 없었다.

불킨은 눈앞에서 쌔근쌔근 자고 있는 작은 여아를 보았다. 나이는 대략 4세에서 6세 사이. 조엘의 딸아이다. 조엘을 닮아서인지 무척이나 예뻤다. 반듯한 콧날, 부드러운 황금빛 머릿결, 잡티 하나 없는 깨끗한 피부.

불킨은 아이의 볼을 손가락으로 톡톡 건드렸다.

"우웅, 아빠야?"

아이가 잠에서 깨며 불킨을 바라봤다. 어둠에 눈이 익숙하지 않아 아이는 눈을 비볐다.

"어어?"

아이는 놀랐다. 자신을 내려다보고 있는 사내는 아빠가 아니었다.

아이는 크게 비명을 지르려고 했다. 그러나 아이는 비명을 지르지 못했다. 불킨의 우악스러운 손이 그녀의 입을 막아버렸기 때문이다.

조엘은 깊은 잠에 빠져 있었다. 술을 마셨기 때문인지 갈증이 심하게 났다. 일어나기는 귀찮았다. 그는 눈을 감은 채 옆에서 자고 있는 아내를 툭툭 건드렸다.

"여보, 물 좀."

아내도 깊은 잠에 빠져 있는지 움직이지 않았다.

"여보, 물 좀."

조엘은 다시 한 번 아내를 흔들었다. 역시 움직이지 않았다. 짜증이 왈칵 치솟는 조엘이다.

그의 아내는 18세. 조엘보다 한참 어렸다. 그런 어린 아내를 얻을 수 있었던 이유는 돈 덕분이다. 아내는 마을에서 으뜸갈 정도로 아름다웠다.

조엘은 그녀의 아버지에게 감언이설로 돈을 빌려주었다. 하지만 그것은 연 2천 퍼센트가 넘는 막대한 고금리. 당연히 그녀의 아버지는 빚더미에 앉았다. 조엘은 빚을 탕감하는 조건으로 그녀를 아내로 맞이한 것이다.

명목은 아내지만 그녀는 조엘의 성 노리개이자 소유물에 불과했다.

지금처럼 일을 시키면 재빠르게 일어나 물을 가지고 와야
정상이었다.

조엘은 자고 있는 아내의 뒤통수를 주먹으로 강하게 때렸
다.

퍽 소리가 나며 그녀의 머리가 침대 밑으로 굴러 떨어졌다.

뭔가가 침대 밑으로 떨어진 것을 느낀 조엘은 벌떡 일어났
다.

"히이이익! 이, 이게 뭐야?"

아내의 머리가 없다. 침대는 잘린 아내의 목에서 흘러나온
피로 흠뻑 젖어 있었다. 조엘의 손과 발이 온통 피로 물들었
다.

기겁한 조엘은 급히 침대에서 내려왔다.

"이제야 깼군."

가시 돋친 목소리가 들려온다.

방으로 들어오는 입구에 세 명의 사내가 서 있다. 어둠에
가려 그들의 얼굴은 확인할 수 없었다.

"누, 누구냐?"

조엘은 온몸에서 피가 빠져나가는 것을 느꼈다. 그는 자신
이 마을 사람들에게 꽤나 큰 원한을 샀다는 것을 잘 알고 있
었다. 그렇기에 1층에는 항상 네 명의 경호원을 두었다.

전문적인 훈련을 받은 경호원들은 아니지만 어지간한 상

대라면 충분히 내쫓을 수가 있었다. 그들을 거치지 않고는 2층으로 올라올 수 없었다.

그 말은 경호원들은 이미 이 세상 사람이 아니라는 말과도 같았다.

"오랜만이야, 친구."

창문 사이로 달빛이 비쳤다.

조엘은 경악했다. 그도 잘 알고 있는, 예전 친구이던 불킨이 서 있는 것이 아닌가. 마을을 떠날 때와 조금도 다르지 않은 모습이다.

"자, 자네……."

"왜, 죽지 않아서 이상한가?"

"……."

조엘은 마른침을 꿀꺽 삼키고 물었다.

"자네가 내 아내를 죽인 겐가?"

"맞아."

불킨은 당연하다는 듯이 고개를 끄덕였다.

"왜?"

"알면서 왜 묻나."

"모르겠어. 오랜만에 돌아와서 왜 내 아내를 죽인 겐가? 용병이 됐다고 하더니 살인이란 쾌락에 눈을 뜬 겐가?"

조엘이 언성을 높였다. 혹시라도 다른 사람이 듣기를 바라며 일부러 언성을 높인 것이다.

하지만 그를 찾아서 2층으로 올라오는 사람은 아무도 없었다.

"조엘, 자네 좀 짜증 나는군."

불킨은 눈살을 찌푸렸다. 누가 봐도 눈에 띄게 연극을 하고 있었다. 보통 아내가 죽으면 제정신을 유지하기 어렵다. 그런데 조엘은 아끼는 물건 하나가 망가졌다는 표정이다.

그리고 지금 어떻게 이 상황을 벗어날까 머리를 굴리는 것이 눈에 보였다.

"빨리 이 집에서 나가게. 옛정을 생각해서 모른 척해주겠네."

정말 개소리도 가지가지다. 죽은 아내를 옆에 두고 결코 할 소리가 아니었다.

"정말 안 되겠군. 이 정도는 돼야 마음의 상처를 입으려나?"

불킨은 어둠 속에 손을 넣어 한 소녀를 잡아당겼다. 양 머리를 곱게 땋아 내린 무척이나 아름다운 소녀이다.

"엘리자!"

그제야 조엘의 표정이 변했다. 엘리자는 그의 막내딸이다. 눈에 넣어도 아프지 않을 막내딸. 비록 아내는 사랑하지 않지만 자식만큼은 진심으로 사랑했다.

그가 악착같이 돈을 모으는 이유도 바로 자식에 대한 사랑 때문이었다. 거부가 되어 귀족들과 연줄이 닿는다면 준남작 정도의 작위는 돈으로 살 수가 있었다.

귀족의 자제.

아름답고 총명하게만 자란다면 신분 상승은 꿈이 아니었다. 딸들은 분명 그렇게 자랄 것이라 믿어 의심치 않았다.

"여기도 있지."

불킨의 옆에 서 있던 퍼쉬와 체일이 다른 아이들을 끌어냈다. 장남 에반과 장녀 카렌이다. 아이들은 겁에 질려 부들부들 떨고 있었다.

"뭐하는 짓이야!"

지금까지 두려움이 짙게 깔려 있던 조엘의 눈동자에서 장막이 사라지고 살기가 솟아났다. 당장이라도 불킨에게 덤벼들 듯한 태세이다.

"이런 짓이지."

퍼쉬와 체일의 입이 쫙 벌어졌다. 턱과 입술이 네 등분된다. 벌어진 그 입의 크기는 자그마치 작은 아이를 통째로 삼킬 정도로 컸다.

무수한 이빨이 송곳처럼 가득 솟아 있다.

"히이익!"

조엘의 살기가 급속히 줄어들었다. 다시금 두려움이 눈동

자를 가득 채웠다. 눈앞에 있는 예전의 친구가 보통 사람이
아니라는 것을 눈치챈 것이다.

퍼쉬와 체일의 입이 에반과 카렌의 팔을 물어뜯었다. 아무
리 아이들의 팔이라지만 너무도 쉽게 뚝 하고 잘려 나갔다.

아이들은 자신의 몸에 무슨 일이 일어났는지도 모르는 눈
치였다. 엄청난 피가 뿜어져 나오자 그제야 고통이 밀려온 듯
소리쳤다.

"아아아악! 아빠! 아파요! 아파요!"

아이들은 눈물을 줄줄 흘리며 조엘을 찾았다.

아버지라면 당연히 목숨을 도외시하고 불킨에게 덤벼들어
야 정상이건만 조엘은 함부로 움직일 수가 없었다. 어깨에서
부터 짓누르는 가공할 위압감에 숨 쉬는 것조차 쉽지 않았다.

전신에서 비 오듯이 땀이 흘러내렸다. 조엘의 발밑은 물을
뿌린 것처럼 땀이 가득했다.

우드드득, 우드드득.

퍼쉬와 체일은 아이들은 팔과 다리, 머리, 몸통을 차례대로
먹어치웠다.

"으아아아악! 이 개새끼야!"

막내딸이라도 살려야 했다. 그 일념으로 조엘은 불킨에게
덤벼들었다. 하지만 이미 싸울 의지를 잃어버린 조엘이었다.
그는 불킨에게 손가락 하나 댈 수가 없었다.

불킨은 팔을 뻗어 조엘의 멱살을 잡고서는 바닥에 내동댕이쳤다. 조엘은 바닥에서 허우적거렸다. 그의 목을 불킨의 발이 짓눌렀다.

"아직 죽이지는 않아. 걱정하지 마. 너의 모든 것을 파멸시킨 후 죽이겠다."

"으아아악! 내가, 내가 뭘 잘못했다고! 난 너한테 잘못한 것이 없어!"

"그래? 그럼 묻지. 왜 내 가족을 고고엘 백작에게 팔아 넘겼나?"

"네, 네 가족?"

"그래. 너를 자식처럼 아끼던 내 어머님과 너에게 시집간다던 막냇동생, 그리고 둘째 동생까지."

"그, 그런 적 없어."

조엘은 고개를 가로저었다.

"나는 너를 믿었다."

불킨은 주먹을 꽉 쥐었다. 그의 다리에 힘이 들어갔다. 목이 밟힌 조엘이 숨을 못 쉬겠는지 캑캑거렸다.

"어릴 적부터 나와 함께 자란 너라면 내 동생을 줘도 상관없다고 생각했다. 함께 자라면서 같은 꿈을 꾸던 너라면. 도대체 내가 너한테 무엇을 그리 잘못했기에! 무엇을!"

불킨의 음성에 점점 분노가 깃들었다. 그의 눈동자가 녹색으로 물들었다. 동시에 녹색 기운이 그의 모공을 타고 흘러나왔다.

녹색 기운을 들이마신 엘리자의 안색이 창백하게 변했다. 눈동자가 뒤집히며 입에서 거품이 흘러나왔다. 독에 중독된 것이다.

"뭐야? 엘리자, 왜 그래?"

"딸년 걱정은 접어두고 네 걱정이나 하시지."

"씨발! 너희들, 다 죽여 버릴 거야! 내가 누군지 알아? 네가 나한테 뭘 잘못했냐고? 당연한 거 아냐? 나는 고안데, 너는 가족이 있었잖아! 그 따뜻함, 그 온기, 그 편안함. 나한테는 고욕이었다고, 씨발아! 그래서 팔아치웠다, 왜? 그게 잘못된 거야? 네가 너무너무 싫었다고!"

흥분한 조엘은 바락바락 외쳤다.

"그래? 그렇단 말이지."

불킨은 입술을 뒤틀었다. 눈동자의 녹색이 점점 깊어졌다.

"나도 네가 행복한 모습이 너무나 싫다. 네놈이 나에게 한 짓과 똑같이 해주지."

불킨의 턱이 좌우로 갈라졌다. 마치 긴 턱을 가진 곤충을 연상시킨다. 다른 점이 있다면 훨씬 더 흉악하다는 것이다.

불킨은 조엘의 막내딸을 덥석 물었다. 아이는 살려달라면서 발버둥을 쳤지만 꼼짝도 할 수가 없었다. 성인 남성이라고 하더라도 불킨의 입안에서는 도망칠 수 없을 것이다.

불킨은 엘리자를 자근자근 씹어서 목구멍으로 넘겼다.

"으아아아악! 개새끼! 이 개새끼야! 널 죽여 버릴 테다! 네 놈의 껍질을 벗겨서 산 채로 씹어 먹을 테다!"

조엘은 눈이 뒤집혔다. 자식 셋이 모두 괴물에게 잡아먹혔는데 제정신을 유지할 부모가 어디에 있겠는가.

하지만 불킨의 발밑에 짓밟힌 조엘은 꼼짝도 할 수가 없었다. 그가 할 수 있는 일이라고는 불킨을 향해 욕설을 내뱉는 것뿐이었다.

"껍질을 벗겨서 산 채로 씹어 먹어? 큭큭, 그거 좋은 생각이군."

불킨의 입술이 묘하게 변했다. 그는 바닥에 쓰러져 있는 조엘의 멱살을 잡아 일으켜 세웠다. 조엘은 주먹을 마구 휘둘러 불킨을 때렸지만 불킨은 끄덕도 하지 않았다. 오히려 조엘의 주먹만 골절됐다.

불킨의 혀가 길게 뻗어 나왔다. 평범한 사람의 혀가 아니었다. 겉은 매우 미끈미끈한 점액질로 덮여 있고 끝은 새의 부리를 연상시켰다.

"으아아악! 씨발! 이게 뭐야? 넌 도대체 누구야? 넌 불킨이 아니라고!"

"아니, 너의 친구 불킨이 맞아. 단, 지옥에서 되돌아온 것만 빼고."

불킨의 혀가 조엘의 팔에 흉터를 냈다. 혀는 흡입하듯이 찢어진 피부를 쭉 들이 삼켰다.

순간, 조엘의 피부가 탈피를 하듯이 모조리 벗겨지는 것이 아닌가.

"으아아아악!"

피부가 벗겨진 고통은 이루 말로 할 수가 없었다. 조엘은 자식들이 죽었다는 것도 잊은 채 살려달라고 외쳤다 .

피부가 없이 근육과 섬유조직으로만 이뤄진 인간의 육체는 흉측했다. 바람만 불어도, 뭔가 살짝만 닿아도 조엘은 미칠 듯한 고통을 느꼈다.

"살려달라고? 아무리 나라도 벗겨낸 피부를 다시 붙일 수는 없어."

"으아아악! 제발, 제발 이 고통을 없애줘! 차라리 죽여달란 말이다, 이 개자식아!"

"우리 어머니와 내 동생들도 그렇게 말했겠지."

"난 아니라고! 난 아니야!"

조엘은 끝까지 자신의 죄를 부인했다. 죽는 순간까지도 죄를 인정하지 않을 모양이다.

"퍼쉬, 부엌에서 소금 좀 갖다 줘."

불킨의 말에 퍼쉬가 고개를 끄덕였다. 그의 턱이 본래대로 돌아왔다. 그는 1층에 있는 부엌으로 내려갔다.

잠시 후, 퍼쉬는 쟁반 가득 소금을 가지고 와 불킨에게 건네주었다.

"하, 하지 마! 제발 하지 마!"

공포에 질린 눈.

조엘은 세차게 고개를 흔들었다. 고개를 흔들어 생기는 공기와의 마찰에 바늘로 찌르는 듯한 고통이 느껴졌다. 하지만 거기에 더해 소금이 닿는다면 조엘은 상상도 해보지 못한 극심한 고통에 시달리게 될 것이다.

그러나 불킨은 조엘의 희망을 거부했다.

그는 가차 없이 조엘의 몸에 소금을 들이부었다.

"으아아아아아아아악!"

조엘은 비명을 지르며 몸을 뒤집었다. 몸을 뒤집을 때마다 더욱 큰 고통이 뒤따랐다. 맨살을 도려내는 고통, 발끝과 손끝을 바늘로 찌르는 고통, 성기를 불로 지지는 고통, 내장을 후벼 파는 고통을 합친 것보다 더한 괴로움이 조엘의 전신을 강타했다.

있을 수도, 있어서도 안 되는 고통이었다.

조엘은 눈물을 줄줄 흘렸다.

제발 죽여달라면서, 제발 그대로 가지 말라면서.

불킨은 고통에 몸부림치는 조엘을 묵묵히 지켜봤다. 그의 수중에 회복 포션이 없는 것이 아쉬웠다. 워낙 재생력이 강한 그들이기에 필요치 않아 가지고 다닐 필요가 없었다.

이대로 내버려 두면 두 시간 안에 죽는다.

"남은 시간, 네 죄를 반성하도록 해. 그럴 리는 없겠지만. 가자."

불킨은 조엘을 내버려 두고 창가로 다가갔다. 부서진 달의 달빛이 비치자 그의 등에서 검은 안개가 흘러나왔다. 검은 안개는 점점 뚜렷한 형체를 띠었다. 마치 독수리가 날개를 크게 펼친 듯한 모습이다.

퍼쉬와 체일도 마찬가지다. 그들의 등에서도 검은 날개가 생겨났다.

"이것 참, 인간의 고기와 피를 먹었을 뿐인데……."

퍼쉬는 씁쓸한 표정을 지으며 말했다. 그들은 피의 저주에서 벗어나지 못한다. 마력을 사용하기 위해서는, 계속해서 생명력을 유지하기 위해서는 지금처럼 인간의 고기를 먹고 피를 마셔야 했다.

그리고 인간의 고기와 피를 먹게 되자 그들은 참을 수 없을 정도로 강대해진 힘을 느꼈다. 평범한 식신에서 한 단계 성장했다.

반면, 이제는 자신들이 더 이상 인간이 아님을 다시 한 번 느꼈다. 그렇기에 퍼쉬는 씁쓸한 표정을 지었다.

"가자."

불킨은 창문을 통해 뛰어내렸다. 그의 검은 날개가 펄럭이며 고고론 백작의 성을 향해 날았다.

*　　　　*　　　　*

고고론 백작은 매캐한 냄새에 눈을 떴다. 목이 턱턱 막히고 숨을 쉬기가 어려웠다. 그가 상체를 일으키자 방 안에 연기가 가득했다.

"이, 이게 무슨 일이야?"

고고론 백작은 비대한 몸을 일으켰다. 살이 쪄서 움직이기도 쉽지 않았다. 언뜻 봐도 200킬로그램 가까이 될 듯싶다. 크지도 않은 신장이다. 다른 사람이라면 서지도 못할 것이다. 그전에 무릎이 박살 날 테니까.

그가 그나마 움직일 수 있는 것은 정기적으로 신관이 찾아와 무릎을 회복시켜 준 덕분이다. 물론 50골드라는 막대한 돈이 든다.

하지만 고고론 백작은 이제까지 돈 싫다는 신관을 본 적이 없었다.

고고론 백작은 뒤뚱거리며 침대에서 일어났다. 그의 옆에는 얼마 전 조엘에게 값싸게 사들인 10세 미만의 소녀가 발가

벗은 채 잠자고 있었다. 얼굴이 뭉개져서 자고 있는지, 아니면 죽었는지는 확실하지 않았다.

고고론 백작은 아이의 생사를 확인하지 않았다. 어차피 죽으면 다시 돈을 주고 사면 그뿐이니까.

그는 보기 흉측한 흉물을 덜렁거리며 방문을 열었다. 방문밖도 연기가 자욱했다.

"여봐라! 거기 누구 없느냐! 도대체 무슨 일이냐!"

고고론 백작은 손수건으로 입을 가린 채 크게 외쳤다. 연기를 마시자 참을 수 없는 답답함이 밀려왔다. 그는 연신 가래 끓는 기침을 내뱉었다.

"주인님, 주인님, 어디 계십니까?"

한 남성의 목소리가 연기 너머에서 들려왔다.

"콜록콜록! 여기다! 여기야!"

고고론 백작은 다급하게 소리쳤다.

연기를 뚫고 평범한 키의 머리가 노란 사내가 나타났다. 그도 수건으로 입을 막고 있었다. 처음 보는 인물이다. 하지만 고고론 백작은 개의치 않았다. 하인들 따위의 얼굴을 일일이 외울 필요는 없으니까. 새로 들어온 하인 중 한 명이려니 했다.

"괜찮으십니까, 주인님?"

"그래, 너는 누구냐?"

"저는 퍼쉬라고 하옵니다."

"그래, 퍼쉬. 그런데 무슨 일이 난 것이냐?"

"성에 불이 났습니다."

"성에 불이?"

"네."

고고론 백작은 믿을 수 없다는 표정으로 고개를 흔들었다. 그는 막대한 돈을 들여 성 전체에 화재 억제 마법을 걸었다. 약간의 불만 붙어도 저절로 꺼지는 그런 마법이다. 요리사나 하인들은 무척이나 불편했지만 어쩔 수 없는 일이었다.

그가 평생 모아온 장식품이 혹시 모를 불길에 휩싸여 사라지는 것은 절대로 있어서는 안 되는 일이니까.

"젠장, 빌어먹을 마법사들, 이따위 마법을 성에 걸어놔? 다음에 오면 먹은 돈 모두 뱉어내게 만들겠어."

고고론 백작은 이를 부득부득 갈았다.

"누가 불을 냈느냐?"

"죄송하지만 저도 잘 모릅니다."

"몰라? 이 새끼가 내 돈을 받아먹고 살면서 그런 것도 몰라?"

고고론 백작은 다짜고짜 퍼쉬에게 주먹을 날렸다. 주먹에 얻어맞은 퍼쉬는 뒤로 나동그라졌다.

어처구니없는 폭력에 퍼쉬는 어이가 없었지만 표정으로

드러내지는 않았다.

"빨리 안 일어나!"

"네, 네, 주인님."

퍼쉬는 재빨리 일어나 고고론 백작 앞에 허리를 숙였다.

"일단 지하로 내려가자."

"지하는 위험합니다. 그곳까지 불길이 퍼져 있을 겁니다."

"닥쳐! 닥치고 빨리 앞장서서 가기나 해!"

"아, 알겠습니다."

고개를 숙인 퍼쉬는 지하로 향했다. 하지만 몇 번이나 길을 잘못 들었다. 당연했다. 그는 애초에 성의 지리 따위는 모르고 있었다. 그와 불킨이 굳이 이런 연극을 하는 것은 조각된 인체가 어디에 있는지 알아내기 위함이었다.

"주인님, 연기가 심해서 길을 찾지 못하겠습니다."

퍼쉬는 최대한 불쌍한 표정으로 고고론 백작을 올려다보며 말했다.

"이 쓸모없는 놈!"

짜악!

고고론 백작은 퍼쉬의 뺨을 두꺼운 손바닥으로 후려쳤다. 퍼쉬의 무릎이 휘청거렸다. 고통은 그리 없지만 아픈 제스처는 취해야 했다. 코피까지 나오면 좋으련만 신체의 특성상 거기까지는 기대하지 않았다.

고고론 백작은 뒤뚱거리며 성을 내려갔다. 구불구불한 길을 한참이나 내려갔다. 내려가는 길에는 두꺼운 철문이 세 개나 있었다. 자물쇠가 없는 문이지만 고고론 백작이 아니면 열 수 없는 문이기도 했다.

그가 철문에 손바닥을 대자 끼리릭 소리를 내며 열렸다.

그런 고고론 백작을 보며 하인으로 변장하기를 잘했다고 퍼쉬는 생각했다.

마지막 계단을 내려서자 높이가 5미터는 될 법한 커다란 강철 문이 우뚝 서 있다. 강철 문 앞에는 '공허와 아름다움의 방'이라는 문구가 적혀 있다.

고고론 백작이 강철 문에 손바닥을 댔다. 문은 그의 손바닥을 인식했는지 천천히 좌우로 벌어졌다.

이윽고 아름다움과는 전혀 상반된 광경이 펼쳐졌다.

입체 그림, 수많은 여인을 표현한 조각상들이 장엄하게 퍼쉬의 눈앞에 펼쳐진 것이다. 작품의 인물들은 고고론 백작과 퍼쉬가 전시실에 들어서자 일제히 눈을 돌렸다.

증오에 찬 눈동자, 제발 죽여달라고 말하는 눈동자, 슬픔이 가득 찬 눈동자, 회한이 섞인 눈동자, 공포와 두려움에 떠는 눈동자.

아름다운 조각상과는 이율배반적인 형태의 눈동자뿐이다.

이것이 뜻하는 바는 하나였다.

하마터면 퍼쉬는 비명을 지를 뻔했다. 모든 작품이 살아 있었던 것이다.

"흥, 운이 좋은 줄 알아라. 이런 기회는 죽었다 깨어나도 없을 것이다. 겨우 하인 따위가 나의 컬렉션을 감상하다니. 자, 대충 봤으면 어서 문을 닫아. 불이 꺼질 때까지 이곳에서 몸을 숨겨야 하니까."

고고론 백작은 등을 돌리며 말했다.

순간, 그의 비대한 몸이 흠칫거렸다.

퍼쉬의 옆에 다른 두 명의 사내가 얼음보다 차가운 눈빛으로 그를 바라보고 있었기 때문이다.

"너, 너희는 뭐야? 너희들도 하인이냐?"

고고론 백작이 얼굴 근육을 경직시키며 물었다.

불킨은 그의 말에 대답하지 않았다. 주위에 가득한 수백 개의 조각상을 보았다. 사람의 인체를 깎아서 만든 그것을 과연 조각상이라고 할 수 있을까. 이 중 어딘가에 그의 어머니와 여동생이 있을 것이다.

불킨은 조각상들을 하나씩 살폈다.

"너 이 새끼, 하인 주제에 내 말이 안 들리나? 죽고 싶어?"

고고론 백작은 자신의 허락 없이 전시장에 들어서는 불킨을 향해 손가락질을 했다.

우득.

고고론 백작의 손가락이 사라졌다. 잘린 손가락에서 상당한 양의 피가 물줄기처럼 쭉 뿜어졌다.

"히, 히익! 뭐, 뭐야?"

퍼쉬가 수도로 그의 손가락을 내려친 것이다. 그는 고고론 백작에게 다가가 자신이 맞은 것과 똑같이 뺨을 올려쳤다.

뻐억!

고고론 백작이 따귀를 때렸을 때와는 비교도 안 되는 강도였다. 그의 비대한 몸이 차가운 대리석 바닥에 털썩 주저앉았다. 어지간해서는 그 혼자서 일어날 수 없을 것이다.

"우읍."

따귀를 맞았을 뿐인데 고고론 백작의 턱뼈가 부러졌다. 그의 입에서 피가 뚝뚝 흘러내렸다.

"닥치고 가만히 있어. 네가 만든 조각상들과 똑같은 꼴이 되기 싫으면."

분위기를 파악한 고고론 백작은 양손으로 입에서 흐르는 피를 막고는 고개를 끄덕였다. 기세등등하던 그의 눈동자에 조금씩 두려움이 떠오르고 있다.

불킨은 어느 조각상 앞에서 멈칫거렸다. 가슴 윗부분만 남아 있는 흉상이다. 세월을 빗겨 간 듯한 중년의 여인, 단정하게 묶은 머리카락과 잔주름. 너무도 정교하여 모를 수가 없었다.

불킨이 어머니였다.

어머니의 눈동자가 심하게 흔들렸다. 하지만 어머니는 눈
동자가 고정되어 있어 눈물을 흘릴 수가 없었다. 그렇지만 눈
동자가 뜻하는 바를 모를 수가 없었다.

─아들아, 너무도 보고 싶었다.

"어머니! 으흐흐흑! 어머니!"

불킨은 털썩 무릎을 꿇었다. 그는 흉상을 잡고 비통한 울음
을 터뜨렸다.

가족이 이런 모습으로 남아 있을 것이라고는 생각하지 못
했다. 그저 살아 있기만을 바랐을 뿐인데…….

[아들아, 슬퍼하지 말거라.]

어머니의 목소리가 들리는 듯했다. 불킨은 고개를 들고 어
머니의 흉상을 안았다.

"어머니, 불효자가 이제야 찾아뵙습니다. 어머니."

[아들아, 나와 네 동생들이 이렇게 된 것은 모두 신의 뜻.
부디 너만은 행복한 삶을 살기 바란다.]

"제가 어찌 혼자서 행복할 수 있겠습니까. 가장 소중한 사
람들이 없는데. 어머니가, 동생들이 없는데."

[미안하다, 아들아. 이렇게 못난 꼴로 널 맞이하는 어미를
용서해라. 하지만 너까지 불행한 것은 이 어미도, 동생들도
바라지 않는단다. 너만은… 너만은 행복하거라. 이 악물고 행

복해지거라. 그것이 이 어미의 마지막 소원이란다.]

"어머니, 어머니, 어찌 저만··· 어찌 저만······."

[아들아, 어미는 너무나 고통스러웠단다. 이제 그만 보내줬으면 하는구나. 부디 나를······.]

어머니의 목소리가 갈라져서 들린다. 영혼까지 찢겨져 나가는 그 느낌. 불킨은 넘쳐 나는 슬픔과 분노를 참을 수가 없었다.

[보내다오.]

"으아아아아아악!"

불킨은 상의를 풀어 헤쳤다. 그의 목 부위부터 배꼽까지 살점이 뜯어지듯 벌어졌다. 내장이 훤히 보인다. 힘차게 뛰는 심장, 간, 허파, 대장, 소장. 보통 인간과 다른 점이 있다면 모든 장기가 녹색이라는 것이다. 그리고 약간의 점액질로 인해 번들거리고 있다.

그의 갈비뼈가 좌우로 따닥거리며 움직였다.

불킨은 어머니의 흉상을 가슴으로 삼켰다. 그러자 벌어져 있던 가슴이 천천히 닫혔다. 그의 몸속에 있는 강력한 산성이 흉상을 빠르게 녹였다.

최대한 빠르게.

[아들아, 꼭 행복해라.]

"으아아아아아아악!"

불킨은 가슴으로 울었다. 이런 모습으로 남아 있는 어머니는 그를 원망하지 않았다. 마지막으로 가는 길까지 그의 안위만을 걱정했다.

아, 어머니!

그런 불킨의 모습을 보고 있는 퍼쉬와 체일의 손아귀의 힘이 들어갔다. 이런 극악무도한 짓을 저지른 자가 배부르게 잘 살았다는 것이 너무도 짜증 났다.

그에게는 낭만일지 모르겠으나 조각상이 된 자들은 모두 살아 있는 사람이었다. 얼마나 큰 공포를 느꼈을까. 얼마나 깊은 두려움을 가졌을까.

"정말… 뼈까지 갈아 먹고 싶군. 추악한 새끼."

퍼쉬는 고고론 백작을 향해 거칠고 낮은 음성으로 말했다. 화가 났기 때문인지 그의 눈동자 역시 녹색으로 변해 있다.

고고론 백작은 그의 살기를 받아내지 못하고 부들부들 떨었다.

불킨은 동생들을 발견했다. 팔다리가 잘린 채 하늘을 날고 있는 형상을 한 둘째 헤리, 발가벗은 채 남성을 유혹하는 모습을 하고 있는 막내 슈.

그녀들도 불킨을 보았다. 눈동자가 촉촉해지고 있다고 느낀 것은 불킨의 착각일까.

그는 하염없이 울었다. 어머니와 똑같이 동생들을 보내며 심장이 갈기갈기 찢어졌다.

가족을 모두 보낸 불킨은 천천히 전시장을 내려왔다. 그는 매서운 눈빛으로 고고론 백작을 바라보았다. 고고론 백작은 비대한 몸을 바둥거리며 간신히 몸을 일으켰다.

"네 이놈, 네가 감히 나의 걸작들을 파괴하느냐!"

순간 고고론 백작은 시야가 확 바뀌는 것을 느꼈다. 천장과 바닥이 뒤바뀐 것이다. 왜 그런 현상이 일어나는지 파악하는 데는 얼마 걸리지 않았다.

그의 시선에 자신의 몸통이 보였기 때문이다.

"으아아아아아악!"

고고론 백작은 비명을 내질렀다.

*　　　*　　　*

불이 꺼진 전시실.

그곳은 이백 년째 아무도 오지 않았다. 성 지하에 전시실이 있는지 아무도 알지 못했다. 전시실은 천 년이 지나도 그 자리에 그대로 남아 있을 것이다.

보글보글.

전시실 한복판에는 투명한 유리통이 남아 있다. 먼지와 이끼가 끼어 유리통 안은 잘 보이지가 않았다.

"1442114124, 1442114125, 1442114126, 1442114128······?
아씨, 몇까지 셌지."

유리통 안에서 텁텁한 목소리가 흘러나왔다. 안에는 과거
성의 주인이던 고고론 백작의 머리가 노란 액체 속에 담겨 있
었다. 육체는 어디로 갔는지 사라지고 보이지 않았다.

오직 잘린 고고론 백작의 머리만 남아 있을 뿐이다.

그는 계속해서 숫자를 세었다. 일억 몇까지 세었다가 까먹
고 다시 세기를 반복했다.

"으으으으윽!"

참지 못하겠는지 그는 갑자기 비명을 질렀다. 하루에도 몇
번이나 있는 일이다. 아니, 수백 년간 계속해서 이어온 일이
다.

차라리 손이라도 있었으면 자신의 목을 졸라서 죽었을 텐
데. 눈동자의 촉촉함도 사라져 눈을 뜰 때마다 미칠 듯한 고
통이 밀려왔다.

그 고통은 영원히 계속될 것이다.

"으아아아아아아악! 제발, 제발 누가 나 좀 죽여줘!"

Chapter 8. 켈리온 남작의 영지

곤 일행은 아슬란 왕국의 변경인 켈리온 남작의 영지에 도착했다. 켈리온 남작의 영지는 아슬란 왕국 북쪽에 위치해 있었다. 중앙대륙에서 거의 모든 것이 베일에 가려져 있는 라덴 왕국과 국경을 맞대고 있기도 했다.

라덴 왕국과 켈리온 남작 영지 사이에는 거대한 산맥이 가로막고 있어 왕래가 아예 없었다. 또한 상당한 숫자의 몬스터가 서식하고 있어 사람들은 어지간해서는 산으로 들어갈 생각도 하지 못했다.

겨울이 오면 식량이 부족한 몬스터들이 영지를 침범하기

도 했다. 코볼트, 고블린 같은 소형 몬스터가 영지를 침범하면 그럭저럭 방어가 가능했지만 그 이상 되는 전투력을 가진 몬스터라면 얘기가 달라졌다.

특히 오거가 한 마리라도 침입하는 날에는 한 마을이 쑥대밭이 되는 것은 일도 아니었다. 작년에는 오거 두 마리가 동시에 영지를 침략해 백 명이 넘는 사상자가 발생하기도 했다.

켈리온 남작 영지에 들어선 곤 일행의 눈에 가장 먼저 띈 것은 끝없이 펼쳐진 목책이었다. 아무리 적게 잡아도 수 킬로미터 이상 되는 듯했다.

"도대체 저게 뭐지? 국경선인가?"

곤이 의아한 듯 물었다.

"국경선은 아닙니다. 홀몬 산맥의 몬스터들을 막기 위한 고육지책으로 보입니다."

키스톤이 대신 대답했다. 그는 이곳까지 오며 브레인 노릇을 톡톡히 하고 있었다. 씽은 무력은 강하지만 경험이 적었다. 만약 누군가 작정하고 씽을 속이려고 든다면 속수무책으로 넘어가고 말 것이다.

반면 안드리안은 경험이 많았다. 용병으로서도 특별했다. 하지만 그녀의 경험과 지식은 한정되어 있었다. 세상을 두루 살펴본 키스톤에게는 미치지 못했다.

안드리안도 키스톤의 해박한 지식에는 혀를 내두를 정도

였다.

"그랑쥬리 정글보다 험한가?"

의식이 깨어나고서부터 곤의 기질은 상당히 변했다. 예전에도 그리 살가운 성격은 아니었지만 지금은 말로 표현할 수 없는 적대적인 기운을 내뿜고 있었다.

마치 누구도 나에게 다가오지 말라고 말하는 듯했다.

그것이 신경 쓰이는 키스톤이었다.

"간단하게 규모의 차이만을 두고 말한다면 그랑쥬리 정글 쪽이 위험합니다. 하지만 영지민들 입장에서는 홀몬 산맥이 훨씬 위험합니다. 최소한 그랑쥬리에 사는 몬스터들은 정글 밖으로 나오지 않으니까요."

"홀몬 산맥의 몬스터는 산맥 밖으로 나와 인간들을 습격한다 그 말이군. 그래서 저런 목책을 수 킬로미터가 넘게 세운 것이고."

"맞습니다. 하지만 저런 목책으로는 대형 몬스터를 막기 어렵습니다. 대형 몬스터를 막으려면 성벽을 세워야 합니다."

"왜 성벽을 세우지 않지?"

"보다시피 영지가 가난하기 때문이죠. 켈리온 남작가의 영지는 상당히 넓습니다. 영지는 넓은데 인구수는 적고 토지는 황량하죠. 특산물도 적고요. 더해서 몬스터의 습격은 주기적으로 있습니다. 세금의 반이 몬스터의 침입을 막는 데 쓰인다고 하더군요. 당연히 영지를 운영할 돈이 없죠."

곤은 고개를 끄덕였다.

한 영지의 영주인 켈리온 남작이 왜 그토록 악착같이 돈을 벌려고 했는지 이해가 되었다. 영지를 유지하기 위해서는 돈을 벌어야만 했던 것이다.

사실 곤은 켈리온 남작에 대해서 큰 감흥이 없었다. 그저 그에게 큰 빚을 졌다고만 생각했다. 물론 켈리온 남작의 장남인 뮬란에 대해서는 호감이 갔다.

어쩌면 친구가 될 수 있을지도 몰랐던 사이.

그렇기에 그의 마지막 유언을 들어주기 위해서 먼 길을 돌아 이곳까지 왔는지도 모른다.

하지만 켈리온 남작이 처한 상황을 듣고 나니 나쁘지 않은 사람이라 여겨졌다.

가난하고 척박한 영지, 배고픈 사람들, 그들을 돌보기 위해서 직접 돈을 버는 귀족이란 상식적으로 있을 수가 없었다.

"헤즐러라고 했던가?"

"뮬란 님의 아들 말씀입니까?"

곤은 고개를 끄덕였다.

"네, 맞습니다, 헤즐러."

"그 아이를 보고 싶군."

"가시지요. 여기서 멀지 않을 겁니다."

*　　　*　　　*

황폐하고 적막한 영지라더니 생각보다 훨씬 심각했다. 한창 농번기로 바쁠 시기지만 젊은 남자들은 별로 보이지 않았다. 대부분 강제로 징집되어 목책을 보수하는 일에 투입되었다고 한다.

먹고살기 위해서는 누군가 농사를 지어야 한다. 당연히 노인과 여자, 어린아이들이 농사를 지어야만 했다. 농사란 억센 젊은 남자에게도 쉽지 않은 일이다.

농사를 짓고 있는 그들의 얼굴에서 고단함이 물씬 풍겨나고 있다.

"영지 사정이 많이 안 좋은 모양이네."

안드리안이 영지를 둘러보며 말했다. 길드에서 의뢰를 받고 대륙 곳곳을 돌아다닌 그녀지만 여기만큼 상황이 좋지 않은 곳은 보지 못했다.

영지민들의 얼굴에서 행복이란 단어는 찾아볼 수가 없었다.

"그러게 말이에요."

에리카도 동의했다.

밭에서 일을 하던 노인과 여자들이 곧 일행을 발견했다. 힐 끗힐끗 쳐다보지만 미련을 두지 않는다. 그들에겐 이방인보 다 당장 식량이 더 소중했다.

그들은 마을을 지나쳤다. 예상대로 마을은 을씨년스러웠 다. 아주 늙은 노인들만이 마을에 남아 시간을 때우고 있었 다. 오래된 흔들의자에 앉아 반쯤 죽은 눈으로 곤 일행을 바 라볼 뿐 말을 붙이는 이는 없었다.

마을을 지나쳐 먼지가 가득한 도로를 한참이나 걸었다. 도 로의 상태로 봐서는 비만 오면 진흙탕으로 변할 것 같았다.

"도로 상태도 엉망이군."

안드리안은 고개를 흔들었다.

과거에는 도로를 건설하는 것이 성내에서만 허용되던 시 절이 있었다. 영지 밖의 도로를 건설하면 적의 침입을 쉽게 허용한다는 이론이 대세였기 때문이다.

하지만 근래 들어 전국을 도로로 연결하는 것이 보편화되 었다. 약소국이야 과거의 이론이 맞을지 모르지만 어느 정도 국력이 있는 왕국이라면 각 영지를 잇는 도로가 발달되는 것 이 훨씬 이득이라는 것을 깨달은 것이다.

하여 도로망을 완성한 국가는 다른 왕국에 비해 빠르게 부 를 축적할 수가 있었다.

그러나 켈리온 남작의 영지는 내부부터 도로가 활성화되

지 않았다. 그만큼 영지가 가난하다는 것을 뜻했다.

"저긴가?"

멀리 영주의 저택이 보인다. 귀족들은 저택보다는 성을 선호했다. 외적을 막기 위해서는 저택보다 성이 훨씬 유리하기 때문이다. 하지만 성을 건설하기 위해서는 막대한 자금이 필요했다.

당연한 말이지만 가난한 영지는 성을 쌓을 수가 없었다. 간혹 영지민을 가혹하게 수탈하여 성을 쌓는 귀족도 있었지만.

멀리서 보기에도 저택은 그리 크지 않았다. 대략 2층 높이의 방은 스무 개가 되지 않을 듯했다. 담장은 둥글고 넓게 퍼져 안쪽 상황까지는 세세하게 확인할 수가 없었다.

"혜혜, 저기 저택에 무슨 일이 있는 듯합니다."

난쟁이 슈테이가 말했다. 그는 다른 사람들에 비해서 동체시력이 월등히 좋았다. 몸놀림 또한 무척이나 날랬다. 곧 일행의 비상식적인 무력만 아니라면 그 역시 어디 가서 천대받을 인물은 아니었다.

하나 어릴 적부터 신체가 불편해서인지 슈테이는 자신도 모르게 몸을 낮추는 경향이 있었다.

지금처럼 말을 할 때마다 '혜혜' 하며 비굴한 웃음을 짓는 것이 그 예다.

키스톤이 몇 번이나 그러지 말라고 얘기했지만 잘 고쳐지지가 않았다.

"무슨 일?"

에리카가 손을 이마에 대고 저택을 바라보았다. 그녀의 시력으로는 저택만 보일 뿐이다.

"헤헤, 사람들이 모여 있어요. 실랑이가 벌어진 것 같군요. 누군지는 확인할 수가 없어요."

"오, 대단하네요."

에리카는 슈테이의 놀라운 동체시력에 감탄사를 내뱉었다.

"헤헤, 그냥 잔재주일 뿐인데요, 뭘."

슈테이는 부끄럽다는 듯이 뒷머리를 긁적거리며 곤을 보고 '어쩔까요?'라고 물었다. 그들은 뮬란의 아들 헤즐러에게 가문의 가보인 '폭격'이라는 검을 돌려주기 위해서 가고 있다.

괜한 다툼에 휘말릴 필요는 없었다.

그렇기에 일행의 리더인 곤에게 물은 것이다. 단장인 안드리안은 개의치 않았다. 그녀도 용병들과 다른 사람들이 곤을 따르는 것을 잘 알고 있었다. 솔직히 가끔 서운할 때도 있지만 곤이 가장 강하다는 것은 인정했다.

용병의 서열은 강자존(强者尊)으로 정해지지 않던가.

언제가 될지 모르지만 실력을 더 쌓아 곤보다 강해져 리더의 자리를 되찾아 오면 된다. 그뿐이다.

*　　　*　　　*

12세의 어린 영주 헤즐러는 풀이 죽어 있었다. 아직 한창 부모의 품에서 어리광을 부리며 친구들과 뛰어놀아야 할 나이지만 소년은 그러하지 못했다.

아니, 얼마 전까지만 해도 그런 삶을 살았다. 비록 어머니는 일찍 돌아가셨지만 소년에게는 강하고 자비로운 할아버지와 강하고 늠름한 아버지가 있었다.

할아버지와 아버지는 큰돈을 벌어오겠다며 먼 길을 떠났다. 일 년에 두세 번 정도는 영지를 떠나 상단에 합류했다.

헤즐러가 어릴 적에는 할아버지 혼자서 상단에 합류했지만 어느 정도 시간이 지나자 아버지가 대를 이었다. 이렇게 둘이서 함께 상단에 합류하는 일은 초창기를 빼면 오래간만에 있는 일이다.

당연히 헤즐러는 할아버지와 아버지가 재밌는 장난감과 책, 특이한 먹을거리를 잔뜩 사 오실 것이라 믿어 의심치 않았다.

하지만 얼마 후, 소년에게 청천벽력과 같은 편지 한 장이 배달되었다.

발신자는 사이든 상단에서부터였다. 편지에는 할아버지와 아버지가 책임지고 있던 상단이 산적들의 습격을 받아서 궤멸했다고 적혀 있었다.

그 와중에 할아버지와 아버지는 죽임을 당했다.

사이든 상단에서는 위로금 명목으로 50골드를 보내왔다. 일반인에게는 엄청난 거금이지만 한 영지를 운영하는 귀족 가문의 입장에서는 한 달 영지 운영비도 안 되는 돈이다.

문제는 그 이후에 벌어졌다.

할아버지의 사촌동생의 아들 재당숙이 찾아와 영지를 양도하라는 것이었다.

헤즐러는 태어나서 그를 단 한 번도 본 적이 없었다. 사실 할아버지의 사촌동생도 본 적이 없었다.

헤즐러의 입장에서는 그들이 날도둑놈처럼 느껴졌다.

그렇지만 그 역시 엄연히 귀족 상속권을 가진 자이기도 했다.

하지만 아직 어리기는 하지만 남작 가문 직계 상속자인 헤즐러가 살아 있다. 상대가 누구든 간에 헤즐러에게 상속권을 강탈할 수는 없었다.

그러나 헤즐러는 세력이 없었다. 할아버지와 아버지가 돌아가시자 급료를 받던 몇몇 기사와 사병들은 다른 주인을 찾아 영지를 떠났다.

남은 사람은 오래전부터 가문을 함께 지켜오던 노기사 두 명과 그의 아들 세 명, 집사 한 명과 어머니와 친분이 있던 중년의 메이드 두 명뿐이었다. 노기사들의 아들들은 아직 수련 기사였다. 의욕은 있지만 실력은 일반 병사보다 아주 조금 강한 수준이었다.

켈리온 남작 가문의 두 노기사 스톤과 에리크는 사나운 눈으로 저택 정문에 서 있는 기사들을 노려보았다. 그들의 뒤에는 세 아들인 안토니오, 리소스, 캄렌이 검의 손잡이를 잡고 언제라도 출수할 수 있게끔 준비를 마쳤다.

일곱 명의 기사.

무척이나 자유로운 복장을 하고 있는 자들이다. 검은색 풀플레이트 갑옷을 입고 있는 자, 토너먼트 아머를 입고 있는 거대한 덩치의 사내, 아퀴버스 아머를 입고 있는 무투사, 체인 메일을 입은 쌍둥이 기사, 스케일 아머를 걸친 기사, 가벼운 경갑 차림을 한 여기사.

영지를 맨입으로 강탈하려는 리토스 자작의 직속 수하들이었다.

사악한 의도와는 다르게 그들의 실력은 진짜였다.

한때 방랑 기사로 이름을 날리던 그들이다. 실력이 어느 정도인지는 알려지지 않았다. 그들과 맞상대를 하고서 살아남은 사람이 없기 때문이었다.

하여 음유시인들은 그들을 가리켜 칠살(七殺)이라 부르기도 했다. 물론 본인들은 그 별명을 싫어했다. 그들은 자신들이 칠성(七星)으로 불리는 것을 좋아했다.

"당신들처럼 명성이 자자한 기사들이 할 짓은 아니라고 생각되오만."

스톤이 억지로 분노를 참으며 말했다. 지금 칠살 기사들과 엮여서 좋을 것은 하나도 없었다. 이들은 지금 영지를 먹기 위한 명분을 얻으려고 하는 것이다.

영지를 잠식하기 위한 첫 번째 명분은 바로 헤즐러의 나이였다. 그렇게 어린 나이로는 척박한 영지를 다스릴 수 없다. 그렇기 때문에 자신이 이곳에 온 것이라고 영지민들에게 어필했다.

영지민 입장에서는 누가 영지를 다스리든 상관이 없었다. 워낙 고달픈 삶을 살아가고 있기에. 물론 영지민들도 켈리온 남작과 뮬란이 좋은 영주였다는 것은 알고 있었다. 하지만 사람이 좋다고 배부르게 살 수 있는 것은 아니었다.

만약 리토스 자작이 자신들을 부유하게 해줄 수만 있다면 얼마든지 모실 수가 있었다.

하여 리토스 자작의 첫 번째 술수는 그런대로 잘 먹혀들었다.

하지만 그것만 가지고는 후계자가 존재하는 영지를 뺏기

란 힘들었다. 다른 명분이 필요했다.

바로 어린 영주와 그를 모시는 가신들의 탐욕. 그들이 영지를 빼앗기지 않기 위해서는 먼저 검을 뽑아 리토스 자작의 수하들에게 상처를 입혀야만 했다.

그렇기에 계속해서 도발을 감행하는 것이다.

"염병! 노인장, 헛소리하지 말라고. 우리는 뭐 좋아서 이러는 줄 알아? 당신들, 가난하잖아. 우리 영주님께서 평생 먹고 살 돈을 준다니까. 그러니 조용히 그 돈 받고 나가라고."

검은색 풀 플레이트를 입은 사내가 묵직한 저음의 목소리로 말했다.

눈만 보이는 그레이트 헬름을 쓰고 있어 얼굴은 보이지 않았다. 그러나 그의 성격이 어떠한지 노기사들은 잘 알고 있었다.

이름은 케논으로, 한때 도륙자라 불릴 만큼 손속에 많은 피를 묻힌 자다. 그가 바로 칠살의 우두머리였다.

"헛소리 마라. 이곳은 켈리온 남작 가문이 대대로 지켜온 땅이다. 몬스터를 막아내고 영지민을 지킨 위대한 땅을 근본도 모르는 너희들에게 넘겨줄 듯싶으냐!"

스톤의 노성이 저택 입구에서 메아리쳤다.

"위대한 땅? 영지를 지킨 켈리온 가문? 까고 앉아 있네. 명맥만 간신히 유지하는 주제에. 그리고 따지고 보면 우리 영주

님과 켈리온 남작은 한 핏줄이 아닌가. 이곳을 넘기는 편이
당신들에게 훨씬 좋을 거야."

"닥쳐라! 여기서 꺼지란 말이다! 다시는 이곳에 발을 내딛
지 말라! 안 그러면 절대로 용서치 않을 것이다!"

노기사 에리크가 일갈했다.

"아, 정말 말귀를 못 알아먹네."

케논이 어깨를 으쓱거리며 뒤를 보았다.

순간, 쌍둥이 기사 스퀘얼과 플라이가 자리에서 사라졌다.
어느 정도 실력을 갖춘 노기사 스톤과 에리크도 그들의 신형
을 잡아내지 못했다.

"그러다 제명에 못 죽지. 당신들이 버티면 버틸수록 이런
어린아이들만 죽어갈 뿐이야."

스퀘얼과 플라이는 스톤의 장남인 안토니오와 에리크의
장남인 리소스의 어깨에 손을 얹고 있었다.

"어, 어느새……."

안토니오와 리소스는 그들의 손에서 벗어나려고 했지만
꼼짝도 할 수가 없었다. 그들의 손가락이 안토니오와 리소스
의 목젖을 부여잡았기 때문이다. 손가락에 힘을 주면 두 청년
기사는 목이 부러진다.

"이봐요, 어린 영주님, 계속 이렇게 버티면 크게 혼날 수도
있어요."

스퀘얼이 고개를 돌려 메이드 아리안의 뒤에 숨어 있는 헤즐러를 보며 빙그레 웃었다.

헤즐러는 부들부들 떨고 있었다. 어린 소년인 그가 스퀘얼이 뿜어대는 무형의 살기를 받아낼 수는 없었다. 만약 아리안이 손을 꼭 잡아주지 않았다면 바닥에 주저앉아 실금을 지렸을 것이다.

"괜찮아요, 영주님. 겁먹지 마세요."

아리안은 헤즐러의 손을 더욱 꼭 쥐었다. 그녀는 어머니가 없는 헤즐러를 바넬과 함께 성심성의껏 키웠다. 자식들보다 헤즐러와 보낸 시간이 더 많았다.

그렇기에 헤즐러는 아리안과 바넬에게 있어서 단순히 영주 이상의 의미를 가지고 있었다.

"더 이상 소란 피우지 말고 썩 꺼지세요!"

아리안은 스퀘얼을 향해서 소리쳤다.

"헐, 감히 메이드 따위가 기사에게 뭐라는 거야?"

스퀘얼이 안토니오의 목을 놓고는 아리안에게 다가왔다. 안토니오는 자리에 주저앉아 기침을 거칠게 내뱉었다. 당장 일어나 스퀘얼을 도륙내고 싶었지만 그의 능력으로는 불가능했다.

스퀘얼이 아리안의 앞에 섰다.

아리안은 헤즐러를 등 뒤로 완전히 감췄다. 소년은 금방이라도 쓰러질 것처럼 바들바들 떨었다.

아리안도 겁이 났다. 스퀘얼이 은은히 풍기는 살기를 감당할 수가 없었다. 그럼에도 자리를 지킬 수 있는 것은 오직 아들과 같은 헤즐러를 지켜야 한다는 일념 덕분이었다.

"정말 가지가지 한다."

짜아악—

스퀘얼은 아리안의 뺨을 후려쳤다. 따귀를 맞은 아리안이 버티지 못하고 바닥에 쓰러졌다. 그녀의 뺨이 붉게 물들었다.

"아, 아리안!"

헤즐러는 금방이라도 울음을 터뜨릴 것 같은 표정으로 쓰러진 아리안에게 다가갔다. 아리안은 고개를 흔들며 괜찮다고 말했다.

스퀘얼은 다리를 들었다 내려놨다.

다시 때리려는 줄 알고 아리안은 움찔거렸다.

"킥킥킥! 어이구, 겁먹었쩌요? 그러니 나설 때와 나서지 말아야 할 때를 구분해야지."

짜아악!

스퀘얼은 다시 한 번 아리안의 뺨을 후려쳤다. 얼마나 강하게 때렸는지 아리안은 풀썩 쓰러져 정신을 차리지 못했다.

"어머니! 이런 개새끼들!"

바닥에 쓰러졌던 안토니오가 분을 참지 못하고 검을 빼 들고 말았다.

스톤과 아리안은 부부로 그 사이에서 태어난 젊은 수련 기사가 바로 안토니오였다. 어머니가 자신보다 어려 보이는 사내에게 구타를 당하는데 참을 수 있는 자식이 몇이나 있겠는가.

눈이 뒤집힌 그는 스퀘얼을 향해서 검을 휘둘렀다. 스톤이 급히 말리려고 했지만 이미 늦고 말았다. 그는 눈을 감았다. 이로써 놈들의 도발이 성공한 것이다.

"얼씨구! 먼저 검을 빼 들어? 왜, 나를 죽이려고?"

스퀘얼은 그런 안토니오를 보며 비웃었다. 그는 눈앞에 검이 떨어질 때까지 움직이지 않았다. 검이 코앞까지 와서야 슬쩍 움직였다.

아주 약하게 어깨가 검에 베였다. 얕은 상처였다. 소위 침만 바르면 나을 정도.

"어쭈구리? 이러다 정말 죽겠는걸."

스퀘얼이 안토니오의 배를 걷어찼다. 무척이나 빠르고 신속한 발차기였다.

배를 걷어차인 안토니오는 충격으로 검을 놓치고 뒤로 물러났다. 그의 겨드랑이로 플라이의 두 손이 쑥 들어오더니 목과 함께 잡았다.

"이익! 놔라!"

안토니오가 발버둥을 쳤지만 꼼짝도 할 수가 없었다. 스퀘얼이 빠르게 다가와 그의 복부를 양 주먹으로 연달아 쳤다.

퍼퍽! 퍼퍼퍽!

"오옷! 인간 샌드백! 옆구리, 배, 옆구리, 배! 좋아, 이 감촉! 재밌네!"

굴욕적이고 모욕적인 장면이다.

"으으으윽."

안토니오는 혀를 깨물고 자살하고 싶은 심정이다. 스퀘얼이 때리는 곳보다 마음이 더 아팠다. 이토록 무력한 자신이 너무도 한심스러웠다.

"이 개자식들!"

형제처럼 자란 안토니오의 모습을 본 리소스와 캄렌도 참지 못하고 검을 빼 들었다.

하지만 그들 역시 움직이지 못했다. 어느새 다가온 검날이 그들의 목을 겨누고 있었기 때문이다.

"가만있으면 목숨을 보존해 주지. 어리석은 것들."

리소스의 목에 검을 겨눈 바이퍼가 이죽거렸다.

어린 영주는 끝내 울음을 터뜨리고 말았다.

"흑흑, 이제 그만해. 저들을 괴롭히지 말아줘. 부탁이야."

그 말이 나오는 순간 스퀘얼의 주먹이 멈췄다. 마치 헤즐러의 그 말이 나오기를 기다렸다는 듯이.

"헤즐러 님, 영지를 넘기겠다는 말입니까? 약속하시면 저희도 그만하겠습니다."

케논이 성큼 한 발 다가서며 말했다.

"안 됩니다. 그 말씀만큼은 절대로 하셔서는 안 됩니다!"

"그리하시면 켈리온 남작 가문은 끝장입니다!"

스톤과 에리크, 바넬이 이구동성으로 외쳤다.

"시끄러!"

여성 기사 레빗이 바넬의 복부를 올려쳤다. 바넬은 아리안과 같이 바닥에 쓰러져 고통스럽게 신음했다. 레빗의 레이피어는 금방이라도 쓰러진 바넬의 목을 꿰뚫을 것만 같았다.

"다시 한 번 묻겠습니다. 영지를 넘기겠다고 봐도 무방하겠습니까?"

헤즐러는 고사리 같은 양손을 꽉 쥐고 자리에서 일어났다. 흐르던 눈물도 어느새 멈췄다. 소년은 자신의 가족과 같은 사람들을 억압하는 기사들을 바라보았다.

할아버지, 아니, 할아버지의 할아버지 때부터 지켜온 땅이다. 그 땅을 얼굴도 보지 못한 먼 친척에게 넘긴다는 것은 죽기보다 싫었다.

하지만 가장 믿을 수 있는, 가족과 같은 사람들이 죽는 것은 그보다 더 싫었다.

"여, 영지는……."

그때였다.

약속이라도 한 것처럼 기사 칠살은 저택의 뒤쪽을 바라봤다. 희희낙락하며 저택 주위를 지키던 서른 명가량의 사병도 뭔가를 느끼고 고개를 돌렸다.

여섯 명의 남녀가 저택을 향해서 다가오고 있었다. 행색은 화려하지 않았다. 그러나 그들이 내뿜고 있는 기세가 심상치 않았다.

"어이, 너희 두 명, 가봐."

케논이 가장 가까이에 있는 사병 둘에게 지시했다. 값싼 하프 아머와 쇼트 소드를 들고 있던 사병들은 고개를 끄덕인 후 불청객들에게 다가갔다.

"어이, 당신들, 길 잘못 들었어. 이쪽은 통행금지라고."

그들은 키가 무척이나 큰 은발의 사내의 어깨를 툭 하고 밀었다.

그 순간 사병들은 뒤쪽으로 튕겨졌다. 그들은 상당한 높이와 거리를 날려간 후 바닥에 쓰러졌다. 입에는 거품을 물고 있고 눈은 뒤집혔다.

둘 모두 혼절했다.

칠살의 기사 모두 사병 두 명쯤이야 기절시키는 것은 일도 아니었다. 하지만 무슨 방법을 써서 기절을 시켰는지 알아보지 못했다는 것이 문제였다.

"내 몸에 손대지 마."

은발의 사내가 섬뜩한 미소를 지으며 말했다.

곤 일행은 저택을 향해서 다가갔다. 리토스 자작의 사병들이 긴장하며 그들의 앞을 가로막았다. 그러나 곤 일행은 걸음을 멈추지 않았다.

"이익! 다, 당신들 뭐야?"

사병들은 쇼트 소드를 꺼내 들고 곤 일행을 향해서 겨눴다. 머릿수가 월등하지만 압박감을 받고 있는 것은 사병들이었다. 그들은 자신도 모르게 뒤로 주춤주춤 물러났다.

그런 사병들을 보며 케논은 눈살을 찌푸렸다. 상대는 아무 짓도 하지 않았건만 저게 무슨 추태란 말인가. 만약 그들의 직속 수하였다면 이런 못난 꼴을 보이지 않았을 것이다.

"멍청한 것들. 물러나라!"

케논은 사병들에게 명령했다. 그제야 사병들은 긴 한숨을 토하며 뒤로 물러났다.

하지만 케논은 뭔가 하나를 놓치고 있었다.

일단 사병들의 얼굴 표정과 미친 듯이 흐르는 땀이다. 사병들 전원에게서 엄청난 양의 땀이 폭포수처럼 쏟아지고 있었다. 식은땀이었다.

또한 그들은 자신도 모르게 미세하게 떨고 있었다. 그들은 지금 이 순간을 버틴 것만 하더라도 대견스러운 일이었다. 하지만 그것을 케논은 알지 못했다.

"딱 거기까지. 더 이상 접근하는 것은 허락하지 않겠다."

케논이 곤 일행을 바라보며 나직하게 말했다. 보통이라면 상대는 케논의 위압감에 압도당해 그 자리에 멈추어야 한다.

그러나 곤 일행은 전혀 그럴 생각이 없는 모양이었다. 안드리안은 개가 짖느냐는 표정으로 양손을 뒷머리에 가져다 댄 채 휘파람까지 불고 있다.

몇몇을 빼고는 모두 나들이라도 나온 것 같은 표정이다. 긴장감이라고는 눈곱만큼도 보이지 않았다.

"모두 귀머거리인가? 거기 서지 않으면 발목을 자르겠다!"

바이퍼와 레빗이 검을 꺼내 곤 일행의 앞으로 가로막았다.

곤은 입술을 뒤틀며 피식 웃었다.

"웃어?"

레빗은 어이가 없는 표정을 지었다. 감히 칠살 앞에서 이런 표정을 지을 수 있는 사람이 몇 명이나 될까. 아마도 상대는 자신의 위명에 대해 모르고 저런 표정을 짓는 것일 테지만 그럼에도 레빗은 기분이 상했다.

"장난감 치워. 팔목 날려 버리기 전에."

곤은 맨손으로 바이퍼와 레빗의 검을 잡고는 뒤로 밀었다.

"이런 미친."

바이퍼와 레빗은 손아귀에 힘을 주곤 검을 밀어내리려고 했다. 물론 여기에서 손가락이 잘려야 정상이다. 하지만 곤은 꼼짝도 하지 않았다.

오히려 검을 뒤로 완전히 밀어냈다. 저택으로 가는 길이 열렸다. 곤 일행은 조금 전 무슨 일이 있었냐는 표정으로 걸음을 옮겼다.

긴장한 사람은 키스톤과 슈테이뿐이었다. 그들 역시 곤과 씽, 안드리안이 얼마나 강한지 알고 있었다.

상급 수녀인 에리카는 전투력이 거의 없다. 그러나 그녀가 버프를 사용하면 괴물과 같은 전투력을 보유하고 있는 곤과 씽, 안드리안은 더욱 강해진다.

제국의 중심부를 단독으로 뚫고 나온 자들이 아닌가. 이들이 누군가에 쓰러진다는 것이 좀처럼 상상이 되지 않았다. 그러나 이들도 인간이었다.

세상에는 이들보다 강한 자들이 얼마든지 있었다. 제국의 레인보우, 의문의 12영웅, 아슬란의 21다크 나이트, 워리어 9마룡, 다섯 하이랜더 등 대륙 최강을 자청하는 그들만 하더라도 이미 인간의 한계를 넘어섰다.

그들이라면 곤과 씽, 안드리안이 아무리 강하다고 해도 당해낼 수 없으리라.

그렇기에 키스톤과 슈테이는 어디서나 경계를 풀지 않았다.

"이런 개자식들이!"

레빗은 곤의 목을 향해서 레이피어를 찌르려고 했다.

"그만."

케논이 그녀를 만류했다. 레빗의 레이피어는 곤의 목 언저리에서 멈췄다. 곤은 그녀를 보며 입술을 비틀었다. 명백한 비웃음이었다.

레빗은 곤의 목에 레이피어를 박고 싶은 것을 억지로 억눌렀다. 그녀가 케논의 옆으로 물러났다.

"잘 멈췄다. 더 이상 검이 나갔다면 너의 팔목이 날아갔을 것이다."

케논은 곤을 노려본 채 말했다.

"내 팔목이?"

레빗은 믿을 수 없다는 표정을 지었다. 그녀는 칠살 중에 가장 빠른 속도를 자랑했다. 케논이 제외하고 다른 동료들은 그녀의 검을 눈으로 쫓지 못할 정도였다.

한데 용병 차림을 하고 있는 저런 허접 나부랭이들이 자신의 공격을 눈치챘다는 것이 믿기지 않았다.

"그래, 저놈들, 강하다. 맞붙으면 지지는 않겠지만 우리도 상당한 전력 손실을 각오해야 해."

"그 정도까지?"

"뒤로 물러나 있어."

케논의 말에 레벳은 그제야 수긍하며 한 발 뒤로 물러났다.

"이곳에 볼일이 있나?"

케논이 곤에게 물었다.

곤은 고개를 끄덕였다.

"무슨 일인지 물어봐도 되겠나?"

"몰라도 돼."

곤의 말이 짧게 끝났다.

케논을 비롯한 칠살의 눈매가 꿈틀거렸다. 설마 상대가 이토록 적의를 드러내며 말할 줄은 생각도 못한 모양이다.

"꼬마 영주님께 볼일이 있나 보군. 우리는 물러나겠다. 막아서겠나?"

"뭐? 우리가 왜 물러나? 압도적으로 전력 차이가 나는데."

스퀘얼은 말도 안 된다는 듯이 퉁명스럽게 말했다. 케논은 그의 말에 대꾸하지 않았다.

"우리도 볼일만 보면 돼. 굳이 다툴 필요는 없지."

곤은 고개를 흔들었다.

사실 리토스 자작의 사병들과 칠살이 막아서지 않는다면 굳이 그들과 부딪칠 이유가 없는 곤이다. 곤은 뮬란의 유언대로 검을 가져다주기만 하면 되었다.

그리고 끝.

애먼 곳에서 분란을 일으킬 필요는 없었다.

케논은 헤즐러를 보며 말했다.

"어린 영주님, 계약서를 가지고 곧 찾아뵙겠습니다. 그때
까지 건강하시길. 가자."

케논은 칠살과 사병들을 데리고 저택에서 벗어났다. 케논
은 곤과 스치듯이 지나치며 작은 목소리로 말했다.

"어쩐지 자네와는 다시 보게 될 것 같군."

케논의 목소리에서 진득한 살기가 뚝뚝 떨어졌다.

Chapter 9. 남자가 사는 법

켈리온 남작가 저택의 1층 식당 겸 접대실.

겉으로 보기만큼이나 소박한 곳이었다. 비싼 장식품은 하나도 없었고 영지민들이 쓸 법한 낡은 쟁반과 컵으로 채워져 있었다.

헤즐러는 곧 일행에게 저녁을 대접하고 싶다며 저택으로 초대했다.

먼저 그들은 식사가 나오기 전에 차를 마셨다. 메이드가 아리안과 바넬 두 명밖에 없는 관계로 식사가 나오려면 약간의 시간이 필요했기 때문이다.

그들이 마시는 것은 나름 영지의 특산물인 과라나라는 잎사귀를 말려서 우려낸 과라나 차였다. 과라나는 많은 효능이 있지만 특히 내상에 탁월하다고 알려져 있었다.

켈리온 남작가의 영지에서 유일하게 팔 수 있는 특산품이기도 했다.

"맛이 어떠세요?"

헤즐러는 양손으로 큰 컵을 든 채 후후 불며 말했다.

곤은 과라나 차를 보았다. 다른 차와는 다르게 붉은빛이 감돌고 있다. 보통은 투명하거나 옅은 녹색을 띠는데.

곤은 찻잔을 들어 차를 넘겼다. 차를 마시는 다도에 대한 예의라곤 눈을 씻고 봐도 찾아볼 수 없었다. 안드리안에게 귀족에 대한 예의범절을 배운 적은 있지만 이제는 그런 것에 상관하고 싶지 않다는 것이 곤의 솔직한 심정이다.

"오, 이거 괜찮은데요?"

가장 먼저 차를 마신 에리카의 입에서 탄성이 터졌다.

곤도 동의했다.

맛이 특이했다. 입안에서 뭔가가 톡톡 터지는 느낌이다. 차를 마신다는 느낌보다는 시원한 청량감이 느껴지는 물을 마시는 기분이었다.

솔직히 이런 맛은 처음이었다.

곤 일행이 만족한 표정을 짓자 헤즐러는 부드럽게 미소를 지었다. 진정이 되었기 때문인지 울보처럼 보이지는 않았다.

헤즐러는 곧 일행을 면면히 살펴보았다.

스톤에게 이들의 무력이 어느 정도인지 얼핏 들었다.

"영주님, 모든 사람이 떠난 지금 저희로서는 영주님을 보필하기가 무척이나 힘듭니다. 아시다시피 무력을 앞세운 칠살 기사들에게는 상대가 되지 않습니다."

응접실에 들어오긴 전 스톤은 헤즐러를 따로 불러서 얘기했다.

"그건 스톤 아저씨뿐만 아니라 모든 사람이 알고 있는 일이잖아요."

"그래서 하는 말인데, 저들을 고용하면 어떨까 싶습니다."

"신분도 확인되지 않는 저들을요?"

"일단은 용병으로 보이지만 저들의 신분이 의심스러운 것은 사실입니다. 하지만 저희는 찬밥 더운밥을 가릴 처지가 아닙니다. 한 명이라도 더 모아야 합니다."

"하지만……."

헤즐러는 말을 잇지 못했다. 나름 의리가 있다고 여기던 기사들과 사병들이 모두 떠나간 판국이다. 조금 서운하기는 하지만 헤즐러는 그들을 탓하지 않았다.

기사들과 사병들은 가족이 있었다. 가족이 있다는 말은 부양을 해야 한다는 것과도 같았다. 돈을 줄 수 없는 상황에서 그들을 계속 붙잡고 있을 수는 없었다.

"돈 때문이시죠?"

"……"

"텐디에게 어느 정도 상황은 들었습니다."

텐디는 저택의 집사이다. 그러니까 헤즐러가 태어나기도 전, 할아버지 때부터 켈리온 남작 가문의 재정을 책임져 온 사람이다. 그는 수완이 뛰어나서 뮬란이 벌어 오는 돈을 꽤나 크게 불려주었다.

"들었으면 아시겠네요."

"저에게 돈이 조금 있습니다."

"그게 무슨 소리인지……"

"에리크와 제가 그들을 고용하는 자금은 반씩 대겠습니다."

"아저씨가 돈이 어디 있어서……"

"영주님께서 주신 급료를 알뜰히 모았습니다. 그들을 한 달 정도 고용할 돈은 될 겁니다."

"한 달이라……. 그들이 꼭 필요한가요?"

"필요합니다. 영주님은 어려서 잘 모르시겠지만 그들의 무력은 칠살 기사들과 견주어도 결코 뒤떨어지지 않습니다."

"설마요."

헤즐러의 눈이 동그랗게 떠졌다. 소년이 생각하는 가장 강한 기사는 아버지인 뮬란이다. 강하고 자비로웠다. 약한 자를 배려하고 여성을 보호했다. 기사의 본보기라고 할 수 있었다. 가문에 속한 기사들은 그런 아버지를 동경했다.

하지만 그런 아버지도 칠살 기사들은 당하지 못할 것 같았다. 단순한 무력의 차이가 아니었다. 그들은 살인을 대수롭지 않게 생각하는 자들로 눈빛만 봐도 오금이 저렸다.

그런 자들과 자웅을 겨룰 수가 있다고?

도저히 믿기지 않았다.

"저들은 강합니다. 우선 상황에 대한 침착성."

"침착성이요?"

"네. 칠살 기사들과 서른 명이 넘는 사병이 저희 저택을 에워쌌습니다. 그들이 뿜어내는 기세가 상당했습니다. 일반인이라면 이곳을 쳐다보지도 못하지요. 하지만 저들은 당당하게 걸어서 이곳까지 왔습니다. 영주님은 보지 못하셨을 테지만 사병 몇 명이 나가떨어지기도 했어요."

"그런……."

"무력에 자신이 없다면 그런 행동은 절대 못 하죠. 그리고 두 번째, 칠살 기사들의 표정. 예전 그들이 떠나간 저희 기사들을 어떻게 했는지 아시죠?"

"아, 네."

영지를 지키던 기사들은 스톤과 에리크를 비롯하여 모두 열세 명이었다. 그중 열한 명의 기사가 칠살 기사들과 시비가 붙었다.

기사들은 검도 뽑지 않은 칠살 기사들에게 무참하게 깨졌다. 그리고 그들은 영지를 도망치듯이 떠났다.

"칠살 기사들은 저희 기사들을 무참하게 박살 냈습니다. 가지고 놀았다는 말이 정확하겠군요. 하지만 그런 칠살 기사들이 긴장하는 기색이 역력했습니다. 칠살 기사들이 상당한 고수들인 만큼 상대방의 무력이 어느 정도인지 알아차린 것이죠."

"그래서 그들을 영입해야 한다?"

"그렇습니다. 일단 그들만 있다면 제아무리 칠살 기사단이라고 하더라도 함부로 이곳을 넘보지 못할 겁니다. 그들이 시간을 끄는 동안 저희는 다른 방도를 마련해야 합니다."

스톤의 말에 헤즐러는 고개를 끄덕였다.

이것이 응접실에 들어오기 전 스톤과 나눴던 대화이다.

헤즐러는 차를 마시고 있는 곤 일행을 힐끗거렸다.

냉기가 풀풀 풍겨 도저히 말을 붙이기가 어려운 곤, 여자라고 해도 믿을 정도로 아름다운 씽, 붉은 머리에 강렬한 인상을 가진 안드리안, 아름답고 봄바람과 같은 상큼함을 간직한 에리카, 조용하지만 속을 알 수 없는 키스톤, 음침한 기운을 가진 난쟁이 슈테이.

정말로 특이한 일행이었다. 어떻게 이런 조합이 생겼는지 이해를 할 수 없었다.

"저기… 곤 씨."

헤즐러는 곤에게 '씨' 자를 붙여 경어를 사용했다. 아무리 영주가 어리다고 하더라도 근본도 알 수 없는 자에게 경어를 사용한다는 것은 보기 힘든 행동이다.

안드리안과 에리카는 약간은 흥미로운 눈빛으로 헤즐러를 바라봤다.

모두의 시선이 자신에게 쏠리자 헤즐러는 섣불리 사람들과 눈을 마주치지 못했다. 그것이 본래 소년의 성격이리라.

"왜?"

곤은 짧게 대답했다.

대단히 무례한 행동이었다. 노기사들을 비롯해 그들의 아들까지도 발끈한 표정을 지었다. 불쾌감이 확연하게 드러났다. 처지로 인해서 자신들이 모욕을 당한다고 느낀 것이다.

곤이 고자세로 나가자 헤즐러의 안색이 더욱 어둡게 변했다. 똥 마려운 강아지처럼 금방이라도 이곳을 벗어나고 싶어 했다.

소년을 지탱하고 있는 것은 할아버지와 아버지가 물려주신 가문을 지켜야 한다는 의지 때문이었다.

"저… 저…….."

자신도 모르게 목소리가 기어들어 갔다.

"말을 확실하게 했으면 좋겠군."

곤의 강압적인 말투에 소년이 들고 있는 찻잔이 부들부들 떨렸다.

"저기, 이보시오. 저희 영주님입니다. 무례를 범하지 않았으면 좋겠군요."

보다 못한 스톤이 끼어들었다. 그의 표정은 헤즐러가 안쓰러워서 죽을 지경이다. 그가 모시는 영주지만 다른 의미로는 손자처럼 키워온 분이 아닌가.

곤은 피식 웃었다.

"그럼 가겠소. 할 말도 제대로 하지 못하는 영주하고는 더이상 말을 나눌 필요가 없는 것 같군."

곤은 자리에서 일어났다. 그의 단호한 행동에 일행도 놀란 모양이다.

"어? 곤. 이봐. 갑자기 그렇게 일어서면 어떡해. 우리는 일이 있어서 이곳에 왔잖아."

안드리안이 급히 그를 말렸다. 곤은 간다면 간다. 그는 그런 남자라는 것을 그녀는 잘 알고 있었다.

그가 가면 씽도 움직인다. 아니나 다를까, 씽 역시 남은 차를 남겨두고 자리에서 일어섰다.

당황한 것은 헤즐러와 노기사들도 마찬가지였다. 설마 이토록 냉정하게 자신들의 말을 자를 줄은 몰랐다.

"저기요, 곤 씨."

헤즐러는 자신의 잘못을 인정했다. 대화를 하자고 불러놓고 제대로 말도 하지 못하니 필시 상대방의 입장에서는 꽤나 짜증이 났으리라.

소년은 크게 숨을 쉬고는 말했다.

"잠시만 자리에 앉아주세요."

곤은 소년의 눈을 뚫어지게 바라보았다. 어떤 감정을 담아서 보내는 눈길이 아니었다. 소년은 담담하게 곤의 눈길을 받아냈다.

"훗, 이제야 대화를 할 자세가 됐나 보군."

곤은 자리에 앉았다. 씽은 그의 분신인 듯 옆자리에 따라 앉았다.

"아까 안드리안 님이 저희 영지에 볼일이 있어서 오셨다고 했는데, 그것이 무엇인지 알 수 있겠습니까?"

"보여줘."

곤은 안드리안에게 말했다. 고개를 끄덕인 안드리안이 마법 가죽 주머니에서 켈리온 남작 가문의 가보인 '폭격'이라는 마법검을 꺼냈다.

"오오오오오, 이것은……!"

마법검이 어떤 물건인지 가장 먼저 알아본 스톤이 감탄사를 터뜨렸다. 켈리온 남작과 뮬란이 이번 행상에 가지고 갔던 가보이다. 사실 귀중한 가보를 행상에 가지고 가는 것은 이치에 맞지 않으나 그만큼 이번 일이 위험하다는 것을 뜻하기도 했다.

스톤은 마법검을 조심스럽게 들고는 헤즐러의 손에 올려주었다.

헤즐러는 정교하게 달의 신이 그려진 검집을 손끝으로 만져 보았다. 이내 소년의 큰 눈동자에서 눈물이 뚝뚝 흘러내렸다. 마법검은 다시 돌아올 수 없는 할아버지와 아버지에 대한 그리움이리라.

모두가 말없이 소년을 지켜봤다.

"도대체 이 검은 어디서 난 거죠?"

손등으로 눈물을 닦은 헤즐러가 물었다.

"뮬란, 그러니까 네 아버지의 유언이었다."

"아버지가 당신께 가보를 저희에게 가져다주라고 했다고요?"

곤은 고개를 끄덕이고는 안드리안을 보았다. 대신 설명을 해달라는 의미이다. 말주변이 없는 자신이 하는 것보다 안드리안이 하는 편이 훨씬 나을 것이라고 생각한 모양이다.

곤의 의도를 파악한 안드리안은 간략하게 검을 얻게 된 상황을 이야기해 주었다.

뮬란이 아이들을 구하고 수많은 언데드와 맞서 싸우다 죽었다는 이야기를 하자 헤즐러와 노기사, 젊은 수련 기사들도 눈시울을 붉혔다.

"역시 아버지군요. 역시 아버지예요."

헤즐러는 검을 가슴에 꼭 안았다. 마치 아버지의 품에 안긴 표정이다.

스톤은 곤이라는 사내를 흘낏 바라봤다. 가보 '폭격'은 돈으로 환산할 수 없을 만큼 최상급 아이템이다. 위대한 전설적인 아이템을 갖기 위해 전쟁이 벌어지는 경우도 종종 있었다.

그만큼 대륙에서는 아이템에 대한 절대적인 동경이 있었다. 막말로 전설급 아이템이나 신급 아이템을 얻게 되면 대륙을 지배할 수 있다는 소문이 떠돌기도 했다.

그 정도까지는 아니지만 마법검 폭격이라면 상당한 쟁탈전이 벌어지고도 남을 것이다.

그런 마법검을 가지고 단지 유언 때문에 이 먼 길을 왔다고? 스톤으로서는 믿기가 어려웠다. 분명 곤이 마법검을 가지고 온 다른 여러 가지 이유가 있을 것이다.

먼저 짐작되는 이유는 마법검을 가져오는 대신에 그만한 대가를 받기 위함이라는 것이다.

하지만 영지의 사정상 큰 대가를 치를 수가 없다. 곤이 그런 의도라면 정말로 미안했다.

둘째로, 켈리온 남작님이나 뮬란 님과 친분이 있었을 것이라는 추측이 가능했다. 신분을 넘어서 돈독한 사이라면 친구의 마지막 유언을 들어줄 수도 있었다.

스톤은 곤의 의도가 제발 두 번째이기를 바랐다.

"정말 고맙습니다."

헤즐러는 벌떡 일어나 곤 일행에게 일일이 고개를 숙였다.

"됐다. 우리는 뮬란과의 약속을 지켰으니 식사를 하고 바로 떠나겠다."

그의 말에 스톤은 희미한 미소를 지었다. 천만다행으로 곤은 뭔가를 바라고 행한 행동이 아니었다.

"바로 가신다고요?"

헤즐러는 깜짝 놀랐다. 설마 저녁만 먹고 바로 영지를 떠날 것이라고는 생각하지 못한 모양이다.

"가야지."

"어디로?"

"어디든."

그 말은 행선지가 정해져 있지 않다는 말이다. 헤즐러는 급히 말했다.

"저… 염치없지만 저의 부탁 좀 들어주시면 안 되겠습니까?"

"싫어."

곤은 단칼에 잘라 말했다.

"네? 아, 왜……."

예상치 못한 대답에 헤즐러는 말을 더듬었다. 소중한 가보를 돌려받고 곤에게 친근감을 느끼던 헤즐러이기에 당혹스러움은 더했다.

　돌아온 말은 냉혹할 정도로 차가운 답변이었으니까.

　"난 오늘 이곳을 처음 방문했다. 너도 처음 봤고 저 노인장들도 처음 봤다. 뮬란의 부탁을 들어주기는 했지만, 왜 너의 부탁까지 들어줘야 한다고 생각하지? 너무 이기적인 생각 아닌가?"

　"그, 그럼 저희가 정식으로 의뢰를 드리겠어요."

　"의뢰?"

　"네, 차림을 보아하니 용병이시죠? 저희가 고용하겠어요."

　곤은 실소를 지었다.

　정식 길드에 가입된 안드리안은 A급 용병이다. 지금은 A급 용병 중에서도 최상단에 이름을 올릴 수가 있었다. 더군다나 그녀는 흉포의 용병단의 단장. 곧 스무 명의 용병도 합류한다.

　사실 따지고 보면 이 모든 사람을 한꺼번에 묶고 나면 상당한 레벨의 용병단이다. 어중간한 용병단과는 차원이 달랐다.

　이런 다 망해가는 영지에서 그들을 고용할 수 있다는 것은 어불성설이었다.

　"얼마나 우리가 있기를 원하지?"

　"하, 한 달이요."

　"그럼 500골드 내도록 해."

　"오, 오백 골드?"

　엄청난 액수에 헤즐러는 벌어진 입을 다물지 못했다. 오백 골드면 반년 치의 영지 운영비다. 그런 거금을 곤에게 준다면 영지는 얼마 가지 않아 파산하고 말 것이다.

놀란 것은 노기사들 역시 마찬가지였다. 그들은 모든 재산을 털어 50골드 정도를 마련했다. 그 정도라면 충분히 고용할 수 있을 것이라 여겼다. 한데 그 열 배를 달라니.

스톤은 곤이라는 자를 잘못 판단했다고 생각했다. 역시 이 자들은 대가를 바라고 영지에 온 것이다.

"이봐, 아까부터 듣자 하니 너무한 거 아니야! 아무리 우리가 힘든 처지에 있다고 하지만 영주님에게 무례한 것도 그렇고 강도처럼 뭐하는 거야?"

스톤의 장남 안토니오가 벌떡 일어나며 외쳤다. 볼이 붉게 물들어 있는 것이 꽤나 흥분한 모양이다. 그는 어머니가 처절하게 당하는 것을 힘없이 지켜봤다. 자신에게 힘이 없음에 크게 절망했다.

그런데 어디서 굴러먹다 왔는지도 모를 용병 따위에게 이런 취급을 받자 분노가 폭발하고 말았다.

하지만 곤의 태도는 더욱 냉정해져 갔다.

"입 닥치고 가만히 앉아 있어."

곤은 응접실에 있는 사람들을 한 명씩 훑어봤다.

헤즐러를 비롯해 스톤, 에리크, 안토니오, 리소스, 캄렌 등 모두가 화가 잔뜩 난 표정이다.

곤은 손바닥을 편 후 힘을 주어 주먹을 쥐었다. 갑자기 응접실 안에 강대한 기운이 몰아치기 시작했다. 강대한 기운은 모든 사람의 어깨를 한꺼번에 짓눌렀다.

"이 세계는 힘이 우선이더군. 약자에 대한 배려는 없어. 무자비할 정도로. 그런데 너는 뭐지? 약자인가, 강자인가?"

곤은 헤즐러를 바라봤다. 헤즐러는 덜덜 떨며 곤의 시선을 받아내지 못했다.

점점 위압감이 강해졌다. 엄청난 위압감을 견뎌내지 못한 안토니오는 얼굴이 새파랗게 변해서 자리에 주저앉고 말았다.

"저, 저는……."

"내 눈을 보고 얘기해라."

헤즐러는 간신히 고개를 들어 곤의 눈과 마주쳤다. 그의 눈동자가 너무도 냉혹하여 소년은 금방이라도 울음을 터뜨릴 것만 같았다. 그럼에도 울지 않는 것은 이곳의 영주라는 자존심 때문일 것이다.

"확실하게 말해라. 너는 약자인가, 강자인가?"

"야, 약자입니다."

"상황을 직시해라. 네가 비록 이곳의 영주지만 이름뿐인 영주가 아니더냐. 아무것도 가진 것이 없는 철저한 약자다. 저 노기사들이 떠나면 넌 혼자 남는다. 혼자서 이 험한 세상을 살아남을 수 있을 것 같나? 저 노기사들이 언제까지 너를 지켜줄 수 있을 것 같은가."

곤의 송곳 같은 말에 핵심을 찔린 헤즐러는 끝내 눈물을 보이고 말았다.

소년은 의자에서 내려와 곤을 향해 무릎을 꿇었다. 눈물이 뚝뚝 떨어져 소년의 손등을 적셨다.

"도와주세요. 제발 저를 도와주세요."

스톤과 에리크는 그런 어린 영주를 말리지 못했다.

아니, 말을 할 수가 없었다.

어마어마한 위압감이 그들의 육신을 사정없이 짓누르고 있었기 때문이다.

이마와 등줄기에서 폭포수처럼 식은땀이 흘러내렸다. 그들은 가공할 위압감에 이렇게 버티는 것만으로도 벅찼다.

"그렇다면……."

"……."

"너는 내게 약자의 의지를 보여라."

『마도신화전기』 7권에 계속…

미더라 장편 소설

FUSION FANTASTIC STORY

A Bittersweet Life

삶의 의욕을 모두 잃은 주혁.
어느 날 녹이 슨 금속 상자를 얻는데……

"분명 어제도 3월 6일이었는데?"

동전을 넣고 당기면 나온 숫자만큼 하루가 반복된다!

포기했던 배우의 꿈을 향해 다시금 시작된 발돋움.
눈앞에 펼쳐진 새로운 미래.

과연 그는 목표를 이루고
인생을 바꿀 수 있을 것인가!

Book Publishing CHUNGEORAM

이모탈 퓨전 판타지 소설
FUSION FANTASTIC STORY

워리어
Warrior

최강의 병기 메카닉 솔져,
판타지 세계로 떨어지다!

서기 2051년.
세계 최초의 메카닉 솔져 이산은
새로운 세계에 발을 딛게 된다.

"나는… 변한 건가?"

차가운 기계에서 따뜻한 피가 흐르는 인간으로!
카이론의 이름으로 새롭게 시작하는
진정한 전사의 일대기!

Book Publishing CHUNGEORAM

유행이 아닌 자유추구 -
WWW.chungeoram.com

내일을 향해 쏴라

김형석 장편 소설

FUSION FANTASTIC STORY

1만 시간의 법칙!
'성공은 1만 시간의 노력이 만든다' 는 뜻이다.

그러나…
사회복지학과 복학생 수.
전공 실습으로 나간 호스피스 병동에서
미지와 조우하다.

1만 시간의 법칙?
아니, 1분의 법칙!

**전무후무한 능력이 수에게 강림하다!
맨주먹 하나로 시작한 수의
인생역전이 시작된다!**

데일리 히어로

FUSION FANTASTIC STORY

인기영 장편 소설

지금까지 이런 영웅은 없었다!

『데일리 히어로』

꿈과 이상을 가진 평.범.한. 고딩 유지웅.
하지만……
현실은 '빵 셔틀' 일 뿐.

그러던 어느 날, 유지웅의 앞에 나타난 고양이.
그(?)로 인해 모든 것이 바뀌었다.

선행! 선행! 그리고 또 선행!
데일리 히어로 유지웅의 선행 쌓기 프로젝트!

Book Publishing CHUNGEORAM

유행이 아닌 자유추구 -
WWW.chungeoram.com

글삶 장편 소설
FUSION FANTASTIC STORY

세상을 다가져라